U0458270

上帝并不生活在天上，
而是在人们为彼此所作的牺牲、对彼此的怜悯之中。
天堂是空的，但在人的怜悯中充满上帝。
——伊曼纽尔·列维纳斯

Elie Wiesel

LE JOUR

白日

[罗马尼亚]埃利·威塞尔 —————— 著　张冬锐 —————— 译

上海三联书店

图书在版编目（CIP）数据

白日 / (罗马尼亚) 埃利·威塞尔著；张冬锐译
. -- 上海：上海三联书店，2024.6
ISBN 978-7-5426-8337-3

Ⅰ.①白… Ⅱ.①埃… ②张… Ⅲ.①长篇小说—罗
马尼亚—现代 Ⅳ.① I542.45

中国国家版本馆 CIP 数据核字 (2024) 第 000173 号

白日

著　者 / [罗马尼亚] 埃利·威塞尔
译　者 / 张冬锐

责任编辑 / 张静乔　钱凌笛
特约编辑 / 张引弘　刘　会
装帧设计 / 尚燕平
监　制 / 姚　军
责任校对 / 王凌霄

出版发行 / 上海三联书店
　　　　　(20041) 中国上海市静安区威海路 755 号 30 楼
邮　箱 / sdxsanlian@sina.com
联系电话 / 编辑部：021-22895517
　　　　　发行部：021-22895559
印　刷 / 北京中科印刷有限公司

版　次 / 2024 年 6 月第 1 版
印　次 / 2024 年 6 月第 1 次印刷
开　本 / 787mm×1092mm　1/32
字　数 / 65 千字
印　张 / 6
书　号 / ISBN 978-7-5426-8337-3/I·1853
定　价 / 48.00 元

敬启读者，如发现本书有印装质量问题，请与印刷厂联系 010-69590320

献给保罗·布朗斯坦医生

又一次，古老的神话于我而言真实无疑。人类的心脏是填满血水的墓穴。墓穴四周，我们心爱的亡者肚皮贴地，啜饮血水，复苏生命。他们之于你越是珍贵，就饮得越多。

——尼科斯·卡赞扎基斯，《希腊人左巴》

意外发生在七月的一个晚上，在纽约的中心地带，那时凯瑟琳和我正穿过大街，准备去影院看《卡拉马佐夫兄弟》。

天气闷热得沉重，让人喘不过气，一股热气渗入骨头、血管、肺部。人们连说话都困难，只是勉强呼吸着。空气就像一张巨大的湿床单，覆盖着一切。热气粘在皮肤上，像是摆脱不了的诅咒。

行人步伐沉重，神色惊慌，嘴巴干得像行将就木之人的嘴，那种状态下的人眼看着自身存在的瓦解，希望尽快和自己将死的身体分离，以免失去理智。他们的身体令自己厌恶。

我累了。我刚刚勉强完成工作：一封由五百个词构成的电报。有五百个词，却什么都没说，它只是为了让匆匆流逝的一天显得不那么空虚。这只是无数平静而乏味的星期日中的一个，不会在时间上留下痕迹。华盛顿：无事发生。联合国：无事发生。纽约：无事发生。甚至连好莱坞都无事发生，电影明星也不再想成为焦点。

用五百个词来说明没什么可说的，这不是一件容易的事。两小时的苦差过后，我疲惫不堪。

"我们现在做什么好？"凯瑟琳问。

"做你想做的任何事。"我回答。

我们站在第 45 街的拐角处，就在喜来登 - 阿斯特酒店的门口。我头昏脑涨，身体沉重，脑中有一团浓雾，做最轻微的动作都像举起一个星球那样艰难。我的四肢像灌了铅，动弹不得。

我的右侧是时代广场，广场上人潮涌动，如旋风一般。人们来这里就如同去海边，不是为了排遣无聊，也不是为了对抗在充斥着失落之梦的房间里感到的焦虑，而是为了不那么孤独，也可能是为了更孤独一些。

在热潮的重压下，世界都运转得更慢了。这场面显得不真实：在五彩霓虹灯的狂欢中，行人靠近，走远，欢笑，歌唱，大喊大叫，相互辱骂，这一切以一种令人恼怒的迟缓发生着。

三个水手从酒店走出来。他们看到了凯瑟琳，猛然停下，然后齐声吹起长长的口哨，对她表示欣赏。

凯瑟琳拉着我的胳膊，说："我们走。"

她显然生气了。

"你怪他们什么呢？"我问她，"他们只是觉得你漂亮而已。"

"我不喜欢他们那样吹口哨。"

我用一种教育人的口吻说："那是他们看女人的方式：他们不用眼睛看女人，而是用嘴。水手只能用眼睛来看大海，他们离开大海之后，就把眼睛留给它作抵押。"

那三位仰慕者已经离开好一会儿了。

"那你呢？"凯瑟琳问道，"你用什么看我？"

她喜欢把一切都牵扯到我们两人身上，我们一直是她宇宙的中心。在她看来，其他人的存在只是为了被用来跟我们作比较。

"我？我不看你。"我略带厌烦地说。

出现了一段沉默。我咬了下舌头。

"但我爱你，"我补充道，"你知道的。"

"你爱我，但你不看我？"她变得忧郁起来，"谢谢你的恭维。"

"你不明白，"我立刻回应，"这不矛盾。人们爱上帝，但人们不看上帝。"

这个类比似乎让她感到满意。我决定，我要练习说谎。

"那人们爱上帝的时候都在看谁呢？"她迟疑了一下，然后问道。

"自己。如果人可以凝视上帝的脸，就会停止爱他。而上帝需要的是爱，不是理解。"

"那你呢？"

很明显，对凯瑟琳来说，万能的上帝也不是一个本身值得讨论的话题，更像是一个过渡的主题。

"我也一样，"我说谎了，"我也一样，我需要你爱我。"

我们还站在这里。为什么不走呢？我不知道。或许是在等着那场事故。

必须学会说谎，我再一次这么想，即使是为了我那已经所剩无几的日子。要好好说谎啊，不要脸红。到目前为止，我说的谎都惨不忍睹。我说谎的时候很笨拙，不自觉就红了的脸往往会把我出卖。

"我们在这儿等什么？"凯瑟琳不耐烦了。

"没什么。"我说。

这回我在完全不知情的情况下说了谎：我们在等意外发生。

"你还不饿吗？"

"不。"我回答。

"可你一天都没吃东西啊。"她用责备的语气说道。

"嗯。"

凯瑟琳叹了口气。

"你觉得你还能坚持多久？你在慢慢杀死自己。"

旁边有一家小餐馆，我们进去了。好吧，我告诉自己，也要学会吃。学会爱。任何事情都可以学会。

有十一二个人，都坐在红色的高脚凳上，胳膊撑在吧台上，安静地吃着东西。凯瑟琳发现自己身处他们赤裸裸的目光中心。她很美。她的脸上显现出一种初生的恐惧，尤其是嘴唇周围，这恐惧在等待一个信号，一个让它变成实实在在的痛苦的机会。我本想再一次告诉她，我爱她。

我们点了两个肉饼三明治和两杯西柚汁。

"吃吧。"凯瑟琳说，然后抬起眼，以一种恳求的目光看着我。

我只好拿起一块肉，把它放进嘴里。血的气味让我反胃，想要呕吐的感觉突然袭来。曾经有一天，我看到一个男人狼吞虎咽地吃着一片肉，没有配面包，胃口极好。饥饿的我被迷住了，久久注视着他，眼睛追随着他手指和下巴的动作。我希望他看到我站在他面前，能扔给我一块儿，但他没有看到我。第二天，他同屋的战友把他吊死了：他吃的是人肉。他大叫着为自己辩护："我没做坏事！他那时候已经死了……"看着他的身体在木板搭成的厕所里晃动，我想："如果他看到我了呢？"

"吃吧。"凯瑟琳说。

我喝下一大口果汁。

"我不饿。"我费力地说出这句话。

几小时后，医生对凯瑟琳说："他很幸运。他的胃是空的，所以痛苦少一些，呕吐只会持续一小会儿。"

"我们出去吧。"我转过头对凯瑟琳说。

我能感觉到，再多待一分钟我就会昏倒。

付了还没吃完的三明治的钱，我们就出去了。时代广场的景致没有发生任何变化，还是被不真实的灯光、人造的阴影笼罩着。现在的人群跟刚才的别无二致，毫无辨识度，人们在那里缠绕在一起，又分散开来。酒吧和商店里，一成不变的摇滚乐像无数看不见的铁锤，击打着人们的太阳穴。霓虹灯指示牌仍在宣称，喝这个或那个有利于健康，有助于幸福，能给宇宙、灵魂或我不知道的什么带来和平。

"你想去哪里？"凯瑟琳问道。

她装作没有看到我的脸色有多么苍白。我想，或许她也在学习说谎，谁知道呢？

"远方，"我回答，"很远的地方。"

"我跟你一起去。"她坚定地说。

她悲伤又苦涩的语调让我心中充满怜悯。我对自己说，凯瑟琳她变了。曾经相信对抗、战斗、仇恨的力量的她，现在选择了屈服。曾经拒绝听从不来自自己内心的任何召唤的凯瑟琳，承认被打败了。我们遭受的苦难会改变我们，这我知道，但我不知道这苦难也会摧毁他人。

"当然，"我说，"没有你，我不会走。"

我在想：去远方吧。在那里，通往单纯的道路不是某个被选定的群体才能掌握的秘密，而是众人皆知的；在那里，爱、欢笑、歌唱、祷告不会让人愤怒，也不会让人感到羞耻；在那里，我可以不带焦虑、不带蔑视地思索自身；在那里，凯瑟琳，那里的酒是纯净的、不混杂尸体的唾液；在那里，死去的人住在坟墓里，而不是人们的心中和记忆里。

"那现在呢？"凯瑟琳继续着她的思路，"现在去哪儿？我们不能一整晚都待在这儿。"

"去影院吧。"我说。

影院仍是最好的场所。在那里，我们不会孤独，我们会思考其他事，我们将身处他方。

凯瑟琳同意了。她本来想回我家或她家，但后来觉得我的反对完全合理：天气太热了，影院里有冷气。说谎也不是很难，我对自己总结道。

"我们去看什么？"

凯瑟琳任由自己的目光在四周游走，环顾这个遍布影院的街区。突然，她兴奋地叫道：

"《卡拉马佐夫兄弟》！我们去看《卡拉马佐夫兄弟》吧！"

影院在街对面。要穿过马路，而我们面前的马路有两条大道那么宽。汽车和噪音之海把我们与影院隔开。

"我想看别的。"我说。我太喜欢陀思妥耶夫斯基了。

凯瑟琳坚持说这部电影特别好，精彩绝伦，无与伦比，尤·伯连纳扮演德米特里，是必须去看的电影。

"我们去看个直白的侦探片吧，"我建议道，"一部不谈哲学、没有抽象讨论的影片。这天气对于那种智识诡计来说太热了。看，不用过街，就有《里约谋杀案》在上映。我们去看这个吧，我想知道巴西的谋杀案是怎么发生的。"

凯瑟琳坚持己见。她仍在期望感受到我们之间的爱。如果是陀思妥耶夫斯基赢了，我就爱她；如果他输了，我就不爱她。我又偷偷瞥了她一眼。她的嘴唇周围依然显出恐惧，一种就要变成痛苦的恐惧。凯瑟琳遭受痛苦的时候很美。她的眼神越来越深情，她的声音越来越激动，颤抖得越来越厉害；她面部的阴郁之美越来越纯朴，越来越带有人情味儿。她的痛苦带着一种圣洁的意味。这是她完全交出自己的方式。我没办法看着凯瑟琳承受着痛苦而不说我爱她，仿佛爱是一种对疼痛的否定。我需要使她的痛苦停下。

"你真的坚持看那部吗？"我问她，"所以你是很想看卡拉马佐夫兄弟被毁灭？"

显然，她坚持如此，不知道是在为尤·伯连纳坚持，还是在为我们的爱情坚持。

"这样的话，我们就去吧。"

一个胜利的微笑在她脸上燃起，然后很快又熄灭了。她的手指紧紧抓住我的胳膊，好像是在说：现在我相信发生在我们身上的事情了。

我们走了三四步，走到斑马线处。要等一会儿。等到红灯变绿，汽车的队伍停下来，指挥交通的警察抬起手，对自己即将扮演的角色尚一无所知的出租车司机停在指定的位置。要等着导演发出信号。

我转过身来。环球航空公司玻璃橱窗里的巨大时钟显示现在是 10 点 25 分。

"走吧，"凯瑟琳做出判断，拉着我的胳膊，"绿灯了。"

我们开始过马路。凯瑟琳走得比我快。她走在我右侧，在我前面最多几厘米的地方。卡拉马佐夫兄弟不是很远了，不过那天晚上我没有看到他们。

我先听到的是什么？刹车产生的怪异摩擦声，还是一个女人刺耳的尖叫声？我不记得了。

恢复意识的那一瞬间，我发现自己平躺着，在街道的正中央。在一片模糊昏暗的镜面中，无数脑袋垂向我。到处都是脑袋。右边，左边，上面，甚至下面。它们看起来都来自别处。一模一样的瞪大的眼睛映射出好奇和恐惧。同样的嘴唇低声发出同样的令人费解的词句。

一个上了年纪的男人看起来在跟我说着什么。我觉得应该是让我不要动。他留着短发，长着小胡子。凯瑟琳也是。她不再有她引以为傲的黑色秀发。她的脸扭曲了，失去了青春的色彩。她的眼睛，仿佛在直视着死亡，显得更大了，而且，不可思议的是，她长出了胡子。

是个梦，我对自己说。这只能是个梦，醒来就会忘记。否则我为什么会在这里？在大马路上？为什么这些人围着我，就像我要死了？为什么凯瑟琳突然长出了胡子？

四面八方传来的噪声撞击着它们无法穿透的雾幕。我完全无法辨识这些声音在说什么。我想让他们住嘴，因为我听不懂。我在做梦，但他们不是在做梦。可我没有办法发出任何声音。这场梦把我变成了聋哑人。

狄兰·托马斯的诗句——总是同一句——又浮现在我脑中，不厌其烦："不要温和地走进那良夜；怒斥，怒斥光明的消逝。"[1]

呼喊？聋哑人不呼喊。他们温和地走进良夜，步伐轻快而胆怯。他们不对着光明之死呼喊。很简单：他们口中满是鲜血。

当你口中满是鲜血的时候，呼喊是没有用的：路人看得到血，却不会听到呼喊。正因如此，我保持沉默。也是因为我梦到自己的身体在一个夏夜冻僵了。

---

[1] 引自巫宁坤译本。（本书脚注均为译者注。）

热气令人感到恶心，垂向我的面孔流淌着汗水——汗水有规律地、有间隔地一滴一滴落下——然而，我，我梦到的却是我要死于寒冷。怎样对着一个梦叫喊？怎样对着逝去的光明，对着渐渐冰凉的生命，对着流走的鲜血嚎鸣？

直到很久之后，非常久之后，直到我已经脱离危险，凯瑟琳才让我弄清楚这场事故的具体情况。

一辆高速行驶的出租车从左侧驶来，一下擒住我，把我带到几米开外。凯瑟琳突然听到刹车刺耳的摩擦声和一个陌生女人发出的尖厉叫声。

她还没来得及转过身，人群就把我包围了。她当时还没有感觉到，躺在好奇的人们脚下的是我。

然后，在一种强烈预感的驱使下，她挤出一条路，穿过一排背对着她的人，看到了我：她被痛苦击垮了，卷缩起来，把头埋在双膝之间。

人们不停说着说着……

"他死了。"一个人说。

"没有，他没死，"另一个人肯定地说，"看，他在动。"

二十分钟后，在警笛的鸣叫声中，救护车到了。在这段时间里，我几乎没有生命体征。我没有哭，没有呻吟，没有说话。

在救护车里，有好几次，我短暂地醒了过来，但很快又失去了意识。在这些短暂的间隙里，我给了凯瑟琳精确得惊人的指示，告诉她应该为我做些什么：通知报社；给我的一个朋友打电话，请他暂时替我；取消约会；付房租、电话费、洗衣费用。在解决了这些眼前的问题之后，我闭上眼睛，直到五天之后才再次睁开眼。

此外，凯瑟琳还告诉我，救护车把我带到的第一个医院拒绝让我入院。床位不够了，所有的床都有人。至少他们是这么说的。但凯瑟琳觉得这是个借口。医生看了一眼我的状态，就断定无望了。还是尽快摆脱一个垂死之人比较好。

救护车又上路了，在纽约医院碰了碰运气。看来这里的人不怕垂死之人。接待的医生，一个年轻的实习医生，举止审慎而友善，一刻都没有耽搁，一边试着对我进行诊断，一边实施急救。

"怎么样，医生？"凯瑟琳询问道。

在保罗·拉塞尔医生忙着照看我的时候，凯瑟琳没有被赶出急救室，这真是个奇迹。

"初看起来，情况很糟糕。"这位年轻的医生回答。

接着他用一种专业而冷漠的语气解释道：

"身体左侧的所有骨头都碎了；有内出血；有脑震荡；眼睛——我们现在还不知道有没有被波及；大脑也一样，希望没有受到损害吧。"

凯瑟琳努力抑制着泪水：

"我们能做些什么，医生？"

"祈祷。"

"所以有这么严重吗？"

"非常严重。"

这位以一种老年人般有分寸的声音说话的年轻医

生看了她一会儿，然后说：

"你是谁？他的妻子吗？"

凯瑟琳处在精神崩溃的边缘，她只消极地摇了摇头。

"他的未婚妻？"

"不是。"她低声说道。

"他的朋友？"

"是的。"

医生迟疑了一会儿，然后低声问道：

"你爱他？"

"嗯。"凯瑟琳小声说。

"这样的话，就有足够的理由不要失去所有希望。爱跟祈祷同样有价值，有时甚至更多。"

这时，凯瑟琳崩溃了，号啕大哭起来。

在三天的会诊和等待之后，医生们最终断定，进行外科手术虽然很难，但这种尝试是值得的。毕竟，我也没有什么可以失去的了。而且，如果运气好的话，说不定会一切顺利呢……

手术持续了很久。五个多小时。不得不要两名外科医生换班。脉搏降到了危险的低值，大家都以为我死了。输血，注射，输氧，我又被救活了。

最后，医生倾向于把手术限定在髋部，踝关节、肋骨和其他部位的细碎骨折可以暂缓。当下，最重要的是要止血，闭合切口，缝合断开的动脉。剩下的等下一次再做。必须要尽快结束手术，否则，这就是终点。

我被带回病房，有两天都在生死之间游移。拉塞尔医生以无与伦比的敬业精神照看着我，但他对这场战斗的最终结果还是持悲观态度。我高烧太严重了，而且失血过多。

第五天，我终于浮出水面。

我一直记得那个时刻：我睁开眼睛，觉得房间里的白色很晃眼，不得不很快又闭上了。几分钟过去，我才能再次睁开眼睛，重新在时间和空间中找到自己的位置。

在床的两侧，我看到一些血浆瓶吊在墙上。我的胳膊无法动弹：两根大针用手术绷带被固定在上面。一切都要准备就绪，以防需要紧急输血。

我试着动我的腿、腹部，可我的身体不再遵从我的意志。一种突如其来的恐惧把我占据：对瘫痪的恐惧。我使出了超凡的力气，大喊大叫，想要引起护士、医生，或者是随便一个人的注意，我想让他告诉我真相。但我太虚弱了。声音停留在了我黏糊糊的喉咙里。或许我失去了说话的能力，我想道。

我感到孤独，感到被遗弃了。我在自己内心深处看到了一种遗憾：我宁愿死掉。

一个小时之后，拉塞尔医生走进房间，向我宣布，我可以活下去了。我的双腿不会被截去，它们现在不能动，是因为它们现在在覆盖全身的石膏里。露在外面可以看到的，只有脑袋、胳膊、脚趾。

"你从很远的地方回来了。"这位年轻的医生说。

我什么都没有回答。从那么遥远的地方回来的遗憾还没有离我而去。

"要感谢上帝。"他补充道。

我更仔细地打量着他。他坐在床边，手指交叉，给了我一个带着强烈好奇的眼神。

"我们要怎样感谢上帝？"我问他。

我的声音充其量也只能算耳语。但我能说话了。我因此感受到一种喜悦，这种喜悦让我涌出泪水。我对我还活着的事实无动于衷——或者说几乎无动于衷。但证明我说话的能力没有被剥夺，让我沉浸在一种无法掩饰的激动中。

医生长着一张孩子的脸，却长满了皱纹。他的头发是金色的。他那双淡蓝色的眼睛透出一种极大的善意。他用一种非常专注的目光看着我，但这并没有让我感到不适。我太虚弱了。

"我们要怎样感谢上帝？"我又问了一遍。

我本想加上一句：为什么要感谢他？我已经很久都弄不明白，善良的上帝到底做了什么，才配得上人类。

医生继续从近处观察着我，很近很近。一种奇怪的微光——也可能是一种奇怪的阴影——停留在他的目光之中。

突然我的心跳了一下。他知道些什么，我惊恐不安地想道。

"你冷吗？"医生问道，没有把他的目光从我身上移开。

"冷，"我有些不安地回答，"我冷。"

我的身体确实在不停地颤抖着。

"是发烧的缘故。"他解释道。

通常情况下，人们会把脉，或者会用手背摸你的额头。但他什么也没做。他就是知道。

"我们接下来要试着战胜发烧，"他又带着些说教的口吻说道，"我们会给你打一些针，很多针，青霉素，每个小时都打，白天晚上都打。现在，敌人就是发烧。"

他沉默了，在继续说话前盯着我看了很久。他似乎是在找一种迹象、一条线索、一个我猜不透其已知条件的问题的解决办法。

"我们害怕会发生感染，"他又说，"如果体温持续上升的话，你就会死。"

"敌人会大声宣告胜利的，"我用一种故作讽刺的口吻说，"你看，医生，人们说的是对的：最凶猛的敌人在人的内心深处。地狱，不是他者，是我们自己。地狱就是给你带来寒冷的灼热的高烧。"

一股难以形容的暗流在我们之间产生。我们说着人类成熟的话语，而这种话语与死亡有着直接的联系。我试着露出微笑，但我太冷了，没有成功，最后只给了他一个鬼脸。这也是我不喜欢冬天的原因之一：微笑在冬天显得抽象。

拉塞尔医生站起身来：

"我给你叫一个护士来，到输液的时间了。"

他用指肚摸着嘴唇，像是为了更好地思考，然后他说道：

"等你好些了，我们会有很多话要说。"

我再次产生了一种不舒服的感觉，他知道，或者至少他猜到了某些事。

我闭上了眼睛。突然，我开始感觉到折磨着我的疼痛，我的身体变成了炙热的火场。之前，我完全没有意识到这些。可疼痛一直在那儿。它是我呼吸的空气，是我脑子中形成的词，是覆盖着我身体的燃烧着的石膏。我怎么能到现在才意识到呢？或许是我太专注于跟医生的谈话了。他知道我这么疼吗，疼得可怕？他知道我冷吗？他知道疼痛正在吞噬我的身体，而与此同时，我正因非人的寒冷而发抖，就像交替浸在大火炉和冰冷的浴缸中吗？很显然，他知道这些。保罗·拉塞尔医生是拥有敏锐双眼的医生。他看到我疯狂地咬着嘴唇。

"你很疼。"他注意到了。

他保持不动，站在床前。我因在他面前咬牙切齿而感到羞耻。

"这很正常，"他没有等我回答，继续说道，"你浑身是伤，你的身体在反抗，疼痛是它自我保护的方式。但我跟你说过：敌人不是疼痛，是发烧。"

"如果体温持续上升的话，你就会死。"这就是结局：死亡。我想：他在自欺欺人。他认为死亡是我的敌人，他搞错了，死亡不是我的敌人。如果他不知道这个的话，他就什么都不知道，或者说，他不知道事情的全部。他看到我重获新生，但他不了解我对于生和死是怎么想的。或者，他也有可能对此一清二楚，只是没有表现出来？疑惑，就像身体内部有只蜜蜂在嗡鸣，让我的神经紧绷到极致。

我感觉不断上升的体温抓着我的头发——头发本身也是燃烧的火把——把我从一个世界扔到另一个世界，从高处抛到低处，让我在极高和极低之间上上下下，就这样，多亏这发热，我感受到了顶峰之寒和地狱之热。

"你想来一针镇痛剂吗？"医生有些担心。

我摇头。不，我不想要。我不需要镇痛剂。我不害怕。

我听到他的脚步声朝门去了，门应该在我身后的某个地方。他走吧！我想。我不害怕独自待着，不害怕独自走过隔在生命与悬崖之间的这段距离。不，我不需要他。我不害怕。他走吧！

他打开了门，在关上之前犹豫了一下。他停了下来。他会折返吗？

"对了，"他轻声说，轻到我快要听不见，"对了，我忘记跟你说了……凯瑟琳……她是一个非常迷人的年轻女人，非——常——"

说完，他悄悄地离开了房间。现在我独自一人了，感受着只有瘫痪者和在苦难中的人才能遭受的孤独。很快，护士就会进来，带着青霉素针剂，帮助我跟敌人战斗。这简直令人发疯：用一剂针剂来跟敌人战斗，还是在一名护士的帮助下。这简直要让人笑死了。但我没笑。我面部的所有肌肉都失去了知觉，被冻住了。

护士很快就会进来。这是那位年轻医生说的，他声音镇定，就像刚刚发现人类之善必有回报的老人的声音。他还对我说了什么？跟凯瑟琳有关的一些事。是的，他刚才提到了她的名字。迷人的年轻女人。不，不是这个。他说的是另一句：非常迷人。是的，是这句。这是他刚才说的：凯瑟琳是一个迷人的年轻女人。我完全想起来了：非——常——

凯瑟琳……她现在会在哪儿呢？在哪个世界？是在高处的世界还是在低处的世界？但愿她别来。她不会出现在这个房间里，她也不会看到我。但愿她不要跟护士一起来，但愿她别变成护士，她不会给我打青霉素。在我要跟敌人进行的战斗中，我不想要她的帮助。这是一个迷人的女孩，非——常——，但她不明白，她不明白敌人不是死亡，如果是死亡的话，那一切也太容易了。她不明白。她太相信力量了，太相信爱的无上力量了。爱我，你就会受到保护；彼此相爱，就一切都好：痛苦会永久地离开人类栖息的大地。这是谁说的？可能是耶稣。他也很相信爱。但于我而言，爱就像死亡，我毫不在意。我想到它们的时候都会笑。现在也一样，我还是会对着它们笑得前仰后合。是这样的，可我面部的肌肉不再遵从我的意志。我太冷了。

那天很冷——不，是那个夜晚，那个我与凯瑟琳初次相遇的夜晚……

一个冬天的夜晚。外面刮着能把墙和树劈成两半的大风。

　　"来,"希蒙·亚奈说,"我想把你介绍给哈莉娜。"

　　"让我听风声吧,"我回答,处于不想说话的情绪中,"风比哈莉娜要说的更多。"风声是死者的遗憾和祈祷。死者比活着的人有更多的话要说。

　　希蒙·亚奈——拥有着巴勒斯坦最美的小胡子,不,应该是整个中东最美的小胡子——完全没有在意我说的话。

　　"来吧,"他把双手插在口袋里说道,"哈莉娜在等着我们。"

　　我任自己胡思乱想起来。我想,也许哈莉娜也是个亡灵。

　　这发生在一场芭蕾舞表演中场休息时，在莎拉 -
伯恩哈特剧院①，在罗兰·珀蒂②或奎瓦斯侯爵③那里，
具体我不记得了。

　　"哈莉娜应该是个漂亮的女人吧。"在我们走向门
厅的吧台时，我说。

　　"何以见得？"希蒙·亚奈很高兴，问道。

　　"通过你今天晚上的穿着推断出来的。你看起来像
个流浪汉。"

　　我喜欢捉弄他。希蒙四十多岁，个头很高，头发
乱蓬蓬的，有着眼神迷离的蓝眼睛。他非常不喜欢被
严肃对待。"你肯定花了几个小时在镜子前弄乱头发、
解开领结、弄皱裤子。"我经常用一种带着爱意的讽刺

---

① 现巴黎城市剧院（Théâtre de la ville），位于巴黎四区。
② 指罗兰·珀蒂创立的香榭丽舍芭蕾舞团（Ballets des Champs-Élysées）。
③ 指奎瓦斯侯爵大芭蕾舞团（Grand Ballet du Marquis de Cuevas）。

跟他讲话。他对放纵生活的偏好常常带着悲怆的色彩。

我很了解他，因为他经常来巴黎，还总是给报社带来"秘密情报"。他寻求记者们的陪伴和友谊。他需要他们。作为犹太抵抗运动在巴黎的代表——以色列尚未诞生——他毫不犹豫地承认，媒体可以为他提供帮助。

哈莉娜在吧台等我们，手中拿着一只杯子。她看起来三十岁左右。身材很苗条，脸很瘦，面色苍白，眼神总是带着惊恐，像是被过去俘获之人的眼神。

我们握了手。

"我以为你年纪更大些。"

她笨拙地笑了笑。

"我就是，"我说，"有些时候，我像风一样老。"

哈莉娜笑了：她不知道该怎么笑。她笑的时候会让你心碎。她的笑会像亡灵的笑一样缠住你。

"我是很严肃地说的，"她说，"我读过你的文章。那是走到生命尽头，近乎希望全失的人写出来的。"

"这种特点是用来描述青春的，"我回答，"现在的年轻人不再相信他们有一天会老去，他们坚信自己会年纪轻轻就死去。我们这一代的真正的年轻人，其实是老年人。他们至少还会吹嘘，自己拥有我们实际上已经被剥夺的东西：我们称之为青春的那个生命阶段。"

这个年轻女人的面色更加苍白了。

"你说的话很可怕。"

我突然笑出声来，这听起来一定像是假的：我没有任何笑的欲望，也没有说话的欲望。

"别听我的，"我说，"希蒙会告诉你，我的言论从来都不严肃。我自娱自乐呢，仅此而已。我自娱自乐吓唬你呢，但你不要在意。我刚才说的话就是风而已。"

我要跟这对人儿说再见了——要打个电话的经典借口：很紧急！——这时，一个着急的身影，从这个带着惊人笑容的年轻女人瞳孔里闪过。

"希蒙！"她压低声音叫道，"看谁在这儿：凯瑟琳！"

希蒙顺着她指的方向看去，一瞬间——就仅仅一瞬——他的脸上蒙上了一层阴霾。他的脸色变了，像是被一段痛苦的记忆笼罩了。

"去呀，"哈莉娜说，"邀请她加入我们。"

"但她不是一个人……"

"就一分钟！她会过来的。"

她来了。一切自此开始。

说真的，我本来可以走的，在希蒙在门厅另一端跟她说话的时候离开。要打电话的紧急程度不亚于刚才。我一点儿也没有留下来的欲望。一眼望去，我就弄明白了这小说般的场景。三个人物：希蒙、哈莉娜、凯瑟琳。哈莉娜爱不爱她的希蒙；希蒙爱不爱他的凯瑟琳；凯瑟琳爱……我不知道她爱谁，也不想要知道。我想道：他们三人让彼此痛苦，在一个完全闭合的圆圈中。最好是不要在其中扮演任何角色，只做旁观者就好。这种枯燥无味的痛苦从来都引不起我的兴趣。他人的痛苦会吸引我，只可能是因为这种痛苦会创造一种推动反抗的气氛，并让人意识到自己的力量和弱点。哈莉娜和希蒙的爱，没有留出任何让人隐约看到这些的空间。

"我得走了。"我对这个年轻女人说。

她看着我，但没有听到我说话，她的注意力被门厅的另一端正在发生的事吸引着。

"我得走了。"我又说了一遍。

她看起来醒过神来了，看到我在她身边，露出惊讶的神色。

"留下来吧。"她用一种谦逊，甚至卑微的语气请求道。

然后，要么是为了说服我，要么是为了强调她的无所谓，她又补充了一句：

"你会认识凯瑟琳，她是一个非常出色的女孩，你会看到的。"

所有的反抗都没用了：凯瑟琳和希蒙过来了。

"晚上好，哈莉娜。"凯瑟琳用带着非常明显的美国口音的法语说道。

"晚上好，凯瑟琳，"哈莉娜没有掩饰好声音中的某种紧张，回答道，"让我给你介绍一个朋友……"

没有打招呼，没有任何动作，没有说一句话，我们就这样盯着彼此看了好一阵儿，就像是为了建立一种超越对话、超越惯常寒暄的直接联系。她有一张匀称的长脸，美得出众又动人，鼻子微微翘起，让性感的嘴巴显得更加鲜明。她的杏眼中有着一团昏暗而隐秘的火：一座休眠的火山。与她的对话，是生命与生命的对话。我突然明白，为什么哈莉娜无法轻松愉悦地笑了。

"你们已经认识了吗？"哈莉娜带着有些局促的浅笑问道，"你们看着彼此的样子就像你们已经认识了一样。"

希蒙保持着沉默。他的眼睛停留在凯瑟琳身上。

"是的。"我回答。

"什么？"哈莉娜难以置信地大声叫道，"你们之前就见过面？"

"没有，"我回答，"但我们已经认识了。"

一阵不易察觉的颤抖穿过希蒙的胡子。当铃声突然响起，提醒我们中场休息要结束时，这场面已经要被一种令人不快的紧张感填满。休息室里的人开始离开。

"我们一会儿到出口跟你们会合？"哈莉娜问道。

"恐怕不行，"凯瑟琳回答，"有人在等我。"

"你呢？"

哈莉娜抬起她的大眼睛望向我，眼里流露出一种冷冷的悲伤。

"我也不行，"我回答，"我要打个电话，很紧急。"

哈莉娜和希蒙走远了。我们被单独留下来，凯瑟琳和我。

"你会说英语吗？"她用英语问我，显得很着急。

"会说。"

"等我一下。"她说。

她脚步匆忙，去跟在大厅另一头等着她的男人说了几句话。我还有一次离开的机会。但为什么要逃走呢？去哪里呢？四处都一样是荒漠，灵魂在那里死去。有时，灵魂以杀死那些还没死的灵魂为乐。

当凯瑟琳在短暂离开之后回来的时候，那一瞬间，可以从她的脸上读出一种满不在乎和坚定，就像她刚才完成了她人生中最重要的行动。那个她刚才丢下、羞辱的男人还站在那儿，一动不动，浑身僵硬，就像被下了咒。

剧院里面，表演开始了。

"我们走吧。"凯瑟琳用英语说。

没完没了的问题让我透不过气来，我决定晚点再解决它们。

"好吧，"我说，"我们走。"

我们匆匆离开休息厅，那个男人被独自留在那儿。有很长一段时间，我都害怕再回到莎拉 - 伯恩哈特剧院。我害怕在那儿再见到他，就在我们把他留在那儿的那个地方。

我们下了楼，拿上大衣，出门走到街上，外面的风像上千条皮鞭愤怒地抽打着我们。夜晚的空气就像雪山顶上的一样，稀薄而纯净。

我们走着。天气很冷。我们缓慢地前进，就像是为了证明我们很强壮，寒冷对我们毫无影响。

凯瑟琳没有挽着我的胳膊，我也没有触碰她的。她没有看向我，我也没有看向她。如果有一方突然停下来思考或者祈祷，另一方还是会以同样的缓慢步伐继续行走。

在沿着河畔安静地走了一个小时，甚至两个小时之后，我们走过了沙特莱桥，然后是圣米歇尔桥。走到桥中间的时候，我停下来，想要看看河水。凯瑟琳又往前走了两步，然后也停下来。

塞纳河——天空和路灯的镜子，此刻向我们展示着它在冬天那神秘的一面，它是浑浊的，静止不动，其中所有的生命都熄灭了，其中一切光都消逝了。我低下头，对自己说，有一天我会死，我也会死。

凯瑟琳靠近过来，想要说些什么。我摇了摇头，阻止了她。

"别说话。"过了一会儿我对她说。

我还在想着死亡，不想让她跟我说话。这不仅仅是沉默，不仅仅是在一条冬天的河流上俯身向下望，而是在认真思考着死亡。

有一天，我问我的祖母：

"冬天的时候，要怎么做才能在坟墓里不冷呢？"

我祖母是一个简单又虔诚的女人，她在哪儿都能看见上帝，即便是在恶中，即便是在惩罚之中，即便是在不公之中。任何事情都不会减少她祈祷的次数。她的皮肤就像沙漠里的沙子一样白。她头上戴着一块巨大的黑色头巾，看起来就像是无法跟她的身体分离。

"不忘记上帝的人在坟墓里就不会冷。"她说。

"是什么让他暖和起来？"我坚持问。

她微弱的声音变成了窃窃私语：这是个秘密。

"就是仁慈的上帝。"

慈祥的微笑照亮了她，这光亮直照到遮住她半边额头的头巾边缘。每次我问她对她而言答案显而易见的问题时，她都会这样微笑。

"也就是说，上帝跟我们埋葬的男人和女人一起在坟墓中？"

"是的，"我的祖母肯定地说道，"是他在给他们取暖。"

我记得当时有一种恼人的忧伤降临在我身上。我怜悯上帝。我对自己说：他比人类更不幸，人只死一次，只被埋在一座坟墓里。

"祖母，你说，上帝他也会死吗？"

"不，上帝是不死的。"

她的回答击中了我的心。我想哭。上帝——人们把他活埋了啊！我宁愿角色颠倒过来，想着上帝是会死的，而人是不死的。我以为，当一个人假装死了的时候，人们用土埋起来的是上帝。

凯瑟琳碰了一下我的胳膊，我吓了一跳。

"不要碰我！"我命令她道。

我在想着我的祖母，而人在不是孤身一人的时候，在一个黑发的——黑得就像我祖母的头巾——年轻女孩触碰你胳膊的时候，是无法实实在在地回想死去的祖母的。

我突然意识到，祖母的微笑有一种识破未来的意味：她知道我的问题与她无关，她不了解坟墓中的寒冷。她的身体没有被下葬，而是被散播在风中，被风吹得向各方散去。是它——我祖母黑白的身体——抽打着我的脸，像是为了惩罚我忘记了她。不，祖母！不！我没有忘记。每次我感到寒冷，我都会想起你，我只想起你。

"走吧，"凯瑟琳说，"离开这里吧，我开始感到冷了。"

我们又重新走了起来。风割着我们的脸，但我们还是迎风向前。我们没有加快步伐。最后，我们在圣日耳曼大街上的一栋房子前停下，对面就是双叟咖啡馆。

"就是那儿。"她说。

"你住在这儿？"

"是的。你想上去吗？"

为了不拒绝她，我必须和自己作斗争。我非常想跟她待在一起，跟她说话，抚摸她的头发，看着她入睡。但我害怕失望。

"来吧。"凯瑟琳用一种坚决的声音说道。

　　她按了开关的按钮，打开了沉重的大门，我们沿楼梯上到二层，她的公寓就在这儿。

　　我很冷。我想到我的祖母，她的脸跟沙漠中透明的沙子一样白，她头上的方巾跟墓地里浓重的夜一样黑。

"你是谁？"

我自己的声音没有传到我的耳里。千百根针在向我的血液里注射火种。我的眼皮是炙热的铁幕。我又渴又热，喉咙干燥。我的血管处于爆裂的边缘。然而，寒冷也没有离我而去。我的身体痉挛了，抖动着，就像一棵暴风雨中的树，也像风中的树叶，像海上的风，像疯子、醉鬼、濒死者脑中的海潮。

"你是谁？"我又问了一遍，牙齿不停地打着战。

我感觉到房间里还有一个存在。

"护士。"一个陌生的声音说。

"水，"我说，"我渴，我要烧着了。给我水。"

"你现在不能喝，"这个声音说，"你会觉得很难受的。你喝了水就会吐。"

我丧失了意志，开始默默地哭。

"等等，"护士说，"我来给你湿一下脸。"

说着，她用湿巾擦了擦我额头上的汗，然后是嘴唇，在接触了我的皮肤后，湿巾上也有了火。

"几点了？"我问。

"六点。"

"六点？晚上六点吗？"

"晚上六点。"

我想，刚才保罗·拉塞尔医生来看我的时候，肯定是在中午之前。那么是六针青霉素，我没有感觉到。

"你疼吗？"护士询问道。

"我渴。"

"是发烧让你觉得渴。"

"我一直都烧得很厉害吗？"

"很厉害。"

"多少度？"

"很高。"

"我想知道。"

"我没有权利告诉你这个，这是医院的规定。"

门开了。有人进来了。窃窃私语。

"啊，记者先生？你要跟我说什么吗？"

保罗·拉塞尔医生用一种故意放肆的语气跟我说道。

"我渴，医生。"

"敌人不愿意撤退，"他说，"就看你能不能坚持得住了。"

"他胜利了，医生。他，他不用忍受口渴之苦。"

我想，祖母会理解我的。没有空气、没有水的浴室里很热；她苍白的身体被其他苍白的身体挤压着的屋子里很热。她跟我完全一样，必须张开嘴巴吸进空气，喝下水。但她所在之处没有水，也没有空气。嘴巴张开，眼睛闭上，手指蜷缩着，她能喝的只有死亡，就像人们吸入空气、喝下水一样。

突然，我感觉到一种奇怪的想要大声说话的需求。大声讲述祖母的生和死，大声描述她让我感到害怕的黑色头巾，而这种害怕很快又被她天真善良的眼神驱散。祖母是我的避难所。每次父亲责骂我的时候，她都出面替他说话。她微笑着向我解释，父亲都是这样的，他们总是为小事发火。

一天，我父亲打了我一耳光。我从商店的收银台里偷了钱，为了给一个同学。他是一个孱弱的、贫穷的小男孩，大家叫他孤儿哈伊姆。在他面前，我感觉很不自在。我知道自己比他幸福，觉得自己有罪过，有罪于自己拥有仍活着的父母。正因如此，我偷了钱。但当我父亲问我，想要知道我为什么这么做时，我没有告诉他原因。我总不能向他承认，我因为拥有一个活着的爸爸而觉得有罪过！他打了我耳光，我就跑去祖母那儿。对她，我可以讲出所有真相。她没有责备我。她坐在房间的正中央，把我放在她的膝盖上，然后开始啜泣。她把我的头抵在她的胸口，她的眼泪落在我的头上。我惊奇地发现，一个祖母的眼泪是那样炽热，它们燃烧着她们在人生道路上遇到的一切。

"她在这儿，"医生说，"她在外面，在走廊里。你想让她进来吗？"

我用尽恐惧给我的所有力气，大叫道：

"不！我不要，我不要！……"

我还以为他说的是我的祖母。我不想要见她。我知道她死了——或许死于口渴，我害怕她与我对她的印象不相符。我害怕她头上没有戴着黑色的头巾，眼睛里没有滚烫的泪水，也没有那般澄澈、那般从容的，当你捕捉到它的时候，你就不再寒冷的眼神。

"你应该见见她。"医生轻柔地说。

"不！不是现在！"我叫道。

眼泪在我的脸、嘴唇、下巴上留下痕迹，它们甚至还会不时溜到石膏下面去。我为什么哭？我完全不知道。我觉得是因为祖母，她就总哭。她在开心的时候哭，也在不开心的时候哭。在既没有开心也没有不开心的时候，她会因对使人开心和不开心的事物不再敏感而哭泣。我想向她证明，我从她那儿继承来了能够打开所有门的眼泪——正如书中所写。

"随你的意思，"医生说，"凯瑟琳明天还会来。"

　　凯瑟琳！她来这里做什么？她怎么能遇见祖母？她也会死吗？

　　"凯瑟琳？"我说着，任脑袋垂下来，"她在哪儿？"

　　"外面，"医生有些惊讶地说，"在走廊上。"

　　"让她进来。"

　　门开了，轻轻的脚步声在向床靠近。我再一次用尽最大力气，想要睁开眼睛，但我的眼皮像是被缝了起来。

　　"你还好吗，凯瑟琳？"我用几乎听不见的声音问她。

　　"还好。"她说。

　　"你看，我是德米特里·卡拉马佐夫的最新受害者。"

　　凯瑟琳苦笑了一下：

　　"你说得对，这是个糟糕的电影。"

　　"去死也比看它要好。"

　　凯瑟琳的笑声听起来有些假：

　　"你夸大其词了……"

窃窃私语。医生用很低的声音在跟她说话。

"我要走了，"凯瑟琳说，"抱歉。"

"过马路的时候小心点。"

她弯下身子靠近我，想要吻我。一种来自遥远过去的恐惧向我袭来：

"不要吻我，凯瑟琳。"

她有些突然地抬起头来。有那么一会儿，房间里寂静无声。然后我感觉到她的掌心在我的前额上。我本想让她快把手拿开，不要冒着被烧着的风险，但她已经缩回了手。

凯瑟琳跟着医生，蹑手蹑脚地走出了房间。护士留着陪我。我费了很大力气想要看见她的长相：年老还是年轻，优雅美丽还是愁眉苦脸，金色头发还是栗色头发……但我的眼皮不听使唤，我重新稍稍抬起眼皮的所有努力都失败了。有那么一刻，我告诉自己，意志力是不够的：还应该用上我的双手。但我的双手被固定在床边护栏上，大大的针头一直插在上面。

"我要再给你打两针。"护士用一种没有给我提供给任何有用信息的声音向我宣布。

"两针？为什么是两针？"

"先是青霉素，另一针会帮助你入睡。"

"没有帮我止渴的第三针吗？"

我艰难地呼吸着。我的肺要爆炸了，像是被人们忘在火上的空空的小锅。

"你睡吧，睡着了就不会觉得渴。"

"我不会梦到我渴吧？"

护士掀起被子，说道：

"我再给你打一针不让你做梦的。"

她很体贴，我想。她有一颗金子般的心。我痛苦的时候她也痛苦。我渴的时候她闭口不言。我睡觉的时候她闭口不言。我做梦的时候她闭口不言。她无疑年轻、漂亮、光彩照人、勾魂摄魄。她有着庄重的脸和爱笑的眼睛。她的嘴巴很性感，被造出来不是用来说话，而是用来接吻的。这双眼睛跟我祖母的眼睛简直一模一样，上天将其赐予她，不是用来观看，也不是用来感到惊奇，而仅仅是用来哭泣。

第一针，没什么，不疼。第二针，扎在了胳膊上，还是没什么。在我看来，她可以给我扎针扎到我的生命尽头，我并不在意。我的内心深处是如此痛苦，以至于我甚至感觉不到针头在扎我。

　　护士整理好了被子，把注射器放进了一个金属盒里，推了推一把椅子，转了转一个旋钮。

　　"我关了大灯，"她说，"你很快就会睡着了。"

　　突然，一种想法出现在我脑中：她也想要在离开之前吻我一下。轻轻的、可以忽略不计的一吻，在我的前额或脸颊上，甚至可能在我的眼皮上。这是在医院里会发生的事。一个好护士亲吻她的病人，然后跟他们道晚安。不是亲在嘴上，是在前额上、脸颊上，这会让他们安心。一个女人愿意亲吻的病人会觉得自己病得没那么严重，他不知道，护士的嘴不是用来说话的，也不是用来哭泣的，而是用来闭口不言和亲吻病人的，这样，他们就不会再害怕入睡，这样，他们就不会再害怕黑暗。

　　新一轮的汗水如浪潮般把我整个人淹没。

"不要亲我。"我用很低的声音嘟囔着。

护士发出了一小声友好的笑：

"当然不了，那会让你口渴。"

然后她离开了房间。我开始等待睡眠。

"跟我说说关于你的事吧。"凯瑟琳说。

我们坐在她暖得恰到好处的房间里。我们听着一首格里高利圣咏，这曲子让我们满心欢喜。人声和曲调都含有一种任何风暴都无法打破的平静。

小桌子上，两个咖啡杯还是半满。咖啡已经变凉了。昏暗的光线让我想闭上眼睛，傍晚时压在我肩上的疲惫完全消失了。我的神经紧绷到极致，我意识到时间的存在，这时间正穿过我，用它的利爪从我这里拿走什么东西。

"说说吧，"凯瑟琳说，"我想了解你。"

她屈着双腿，坐在我右边的米色沙发上。空气中浮动着一个梦，它正在寻找一个可以栖息的地方。

"我不想说，"我回答，"我不想谈论我自己。"

要谈论我，要真实地谈论我，就不得不讲我祖母的故事。然而，我不想用语言来追忆它：祖母只能通过祈祷来表达。

战后，一到巴黎，人们就经常——过于经常了——逼着我讲述。我拒绝。我对自己说：死人不需要我们来为他们发声。他们还没有我害羞。羞耻感完全无法俘获他们。我，害羞又觉得羞耻。世界就是这样运转的：不是刽子手，而是他们的受害者，在遭受着羞耻——由命运选定的巨大的羞耻感——的酷刑。人们往往倾向于将所有的宗教之罪和世俗之罪都归于自身，而不是直接得出上帝能够允许自己行使最明目张胆的不公的结论。事到如今，每当我想到上帝是如何把人类当成傻子，当成他最心爱的玩具的时候，我仍会脸红。

一天，我向我的老师，犹太神学专家卡尔曼，提出下面这个问题：上帝造人的目的是什么呢？我理解人为什么需要上帝，但上帝，人能给他什么呢？

老师闭上双眼，千万件伤心的往事与僵化的动脉在他前额上纠缠在一起，形成一个迷宫，仿佛一个骇人的真相在其中游走。几分钟的沉思过后，一个极其微小的、仿佛来自远方的微笑出现在他的唇间。

"圣书教导我们，"他说，"如果人意识到了他的力量，他就会失去信仰或理智。因为人内在有着一种超越他自身的职能，上帝需要人，以成为'唯一'。被任命来解放人类的弥赛亚，只能通过人获得解放。然而，我们知道，不仅仅是人类和宇宙，为其建立律法和关联的那个存在也要得到解放。而人类—— 一把尘土——能够让时间回归到源头，并归还上帝他自己的样子。"

那个时候我年纪太小，还不能理解老师的意思。上帝的存在可以与我自身的存在关联起来的想法，让我被一种可耻的自豪感和深深的恻隐之心填满。

几年后，我看见正义的、虔诚的人们一边唱着"我们要用我们的炮火，打破被流放的弥赛亚的枷锁"，一边走向死亡。就在那时，老师对我讲的那种象征性隐喻击中了我的灵魂。是的，上帝需要人类。他被判处永恒孤独的刑罚，于是他造人仅仅是为了将之当作玩物，让他们逗他发笑。这就是哲学家和诗人拒绝承认的：人类的开端既不是圣言，也不是爱，而是笑，无止无休的大笑，这大笑的回声比沙漠中的海市蜃楼更具欺骗性。

"我想了解你。"凯瑟琳说。

她的脸色阴沉下来。梦没有找到可以栖息的地方，消散了。我想：它本来可以进入她睁大的眼睛的。但是梦从来不从外面而来。

"你很可能会厌恶我。"我对她说。

她把双腿屈得更深了些。她的整个身体都往里缩了缩，变得更小了，就像是要随着梦一起完全消失。

"我接受这种风险。"她回答。

她会厌恶我，我想。这是必然的。发生过的事还会发生，同样的原因带来同样的结果、同样的厌恶。重复是造成我们悲惨局面的一个决定性因素。

第一个公开冲我喊出厌恶的人，我既不知道他叫什么名字，也不知道他是谁。他代表着所有没有姓名、没有面孔的人，他们填满亡魂的世界。

我发现自己在一艘法国的小船上，正向着南美洲而去。这是我跟大海的第一次相遇。大多时候我都站在甲板上，盯着不知疲惫的海浪凿开坟墓，再立刻把它们填满。我儿时不断追寻上帝，因为我想象他高大而有力、宽广而无际，这便是大海给我的印象。突然，我明白了那喀索斯：他不是掉进了水池里，而是自己跳了进去。① 有那么一刻，我想回应大海深情呼唤的渴望是如此强烈，以至于我差点跳进海里。

我没有什么是可以失去的，也没有什么要去惋惜。我与人类所在的大地没有关联。对我来说珍贵的一切都已被烟雾驱散。那座墙上带着裂纹的小房子已是一片废墟，那里曾有着蜡烛忧郁的光亮，孩子和老人在

—————————

① 此处指那喀索斯神话故事在奥维德《变形记》中的版本：俊美少年那喀索斯看到了水中自己的倒影而爱上了自己，每天魂牵梦萦不可自拔，最终落水而亡，幻化作一朵在河畔摇曳生姿的水仙花。

烛光中一边低声歌唱，一边祈祷或研习。是我的老师第一个告诉我生存是个谜，告诉我语言的另一端就是沉默；我的老师总是低着头，仿佛不敢直面天空；我的老师早已化为灰烬。还有我的妹妹，她因为我从来不跟她一起玩，因为我很严肃——过分严肃——而取笑我，而我的妹妹再也不能玩了。

是那个陌生人，在不知情、无此意愿的情况下，在那个夜晚阻止了我放弃这一局。我不知道他是从哪儿来的，他出现在我身后，开始跟我说话。他是个英国人，听声音，他应该五十多岁。

"真是个美好的夜晚。"他边靠向栏杆边说，就在我右侧，几乎要挨着我了。

"很美。"我生硬地回答他。

我想，这是个向弄虚作假者、向变化不定的恒定、向暗含背叛的准则、向不给人类留一席之地的世界、向走向灵魂毁灭而非力量扩张的历史告别的夜晚！

陌生人没有被我的坏情绪吓到。他继续说：

"天空离大海这么近，以至于我们不知道这两者中的哪一个在映出另一个，哪一个需要另一个，哪一个俯视着另一个。"

"确实。"我冷漠地回答。

他沉默了一会儿，观察着海水中我的倒影。我看到了他的样子：消瘦、尖锐、高贵。

他又说起来："如果这两者打仗的话，我站在大海那一边。天空只会给画家带来灵感，不会给音乐家带来灵感。而大海……你没发现大海是通过它的音乐接近人类的吗？"

"可能吧。"我带有敌意地回答道。

他又一次沉默了，像是在自问是不是最好留下我一个人。然后他决定留下来。

"抽烟吗？"他伸过烟盒，问道。

"不了，谢谢。我不想抽烟。"

他点燃了烟，把火柴扔进大海：流星被黑暗吞没。

"他们在里面跳舞，"他说，"为什么你不去呢？"

"我不想跳舞。"

"你想独自跟大海待着，是吗？"

他的声音突然变了，变得具有个性，不再是毫无特征的。我没有料到一个人可以改变声音，就像变脸。

"是的，我想独自跟大海待着。"我带有恶意地回答道，加重了"独自"一词。

他抽了几口烟。

"大海，它让你想到什么？"

我迟疑了。他被黑暗笼罩，我不认识他，明天在餐厅吃饭的时候我肯定认不出他来，这些事实站在他那一边。跟一个陌生人说话，就像跟天上的星星说话，不会让我们感受到任何约束。

"大海，"我说，"让我想到死亡。"

我觉得他笑了：

"我知道。"

"你怎么知道？"我愣住了，问道。

"大海有一种引力。我老了，已经在海上航行了三十年。我认识世界各地的海。我知道的。不要盯着海浪看太久，尤其在晚上，尤其是独自一人的时候。"

他跟我讲了他第一次航行的经历。他的妻子跟他一起，他们那时候刚结婚。一天晚上，他留下妻子在房间里睡觉，自己登上甲板透气。就在那个时候，他感受到了一种来自大海的可怕力量，它将这种力量施加在凝视着海面上变了形的影子的人身上。他那时年轻又幸福，然而，他感觉到一种几乎不可抑制的跳进大海的欲望，一种任自己被跃动的海浪卷走的欲望，海浪的咆哮声比其他任何事物都让人联想到永恒、平静、无尽。

"我跟你说，"他用很低的声音重复道，"不要盯着海浪看太久。不要一个人，不要在晚上。"

好了，轮到我了，我开始跟他讲述一些我的事。知道了他也想过死亡，并且被他的秘密吸引，我觉得离他近了一些。从没有对别人讲过的事，我对他讲了：我的童年时光，我神秘的梦，我的宗教情感，我在德国集中营的经历，我对自己现在只是身处活人中的死亡信使的坚信不疑……

我说了几个小时，他就听我说着，胳膊沉沉地靠在栏杆上，没有打断我，没有动，也没有挪开他紧紧盯着船身影子的目光。他时不时点起一支烟，甚至当我在一段思绪、一句话中间停下来时，他也什么都没说。

我说了很多不完整的句子，从一个片段跳到另一个片段，描述了一个人的容貌，又对与之相关的事闭口不谈。他，这个陌生人，没有要解释，没有要说明。有时我声音很低，低到我无法想象他能听到我说的任何一个字——但他仍然一动不动、沉默不语。他似乎不敢存在于沉默之外。

直到夜快结束的时候，他才重新开始说话。他的声音从阴影中流动出来，有些沙哑。这是独自一人在夜晚看着大海、看着他自身的死亡的男人的声音。

"知道吗，"他最后说，"我觉得我会厌恶你。"

当下的情绪让我喘不上气。我想跟他握手，以表示感谢。很少有人有勇气清醒地陪着我，直到最后。

陌生人把头往后仰了仰，像是要说服自己天空还在那里。突然，他开始用他紧握的拳头捶打船的栏杆，然后用一种抑制又低沉的声音不断重复着这句话：

"我会厌恶你……我会厌恶你……"

然后他转身背对着我，逃走了。

一道流苏状的白光，像是一道火光，在地平线处亮起。大海平静了，船睡着了，星星开始躲藏起来，天色渐亮。

我一整天都在甲板上。第二天晚上，我又回到那个地方。陌生人没有去那里找我。

"我接受这种风险。"凯瑟琳说。

我站起身来，在房间里走了几步，想活动一下四肢。我在窗边停下，望向窗外，对面的人行道上覆满了雪。一种极端的不安结在我的胸口，冷汗就要从我的额头冒出来。很快，夜卸下了重担，白日来了。我害怕白日。在夜里，所有的面孔都是熟悉的，所有的声音都似曾相识。在白天，我所遇到的，皆为陌生人。

"你知道希蒙·亚奈跟我是怎么说你的吗？"凯瑟琳问道。

"我不知道。"

他能跟她说些什么呢？他知道关于我的什么呢？

他对我一无所知。他不知道，当我在傍晚时分喝醉的
时候，我的心脏被一种对锡盖特——这座我儿时生活
的小城的思乡情绪填满；我的心脏开始如此剧烈，如
此快速地跳动，直到一星期后，我仍然无法正常呼吸。
他不知道，一首哈西迪犹太教歌曲的回响，比巴赫、
贝多芬和莫扎特累加起来还要让我动容。他不会知道，
当我的眼睛停留在一个女人身上时，我看到的总是我
祖母的样子。

"希蒙·亚奈觉得你是个圣人。"凯瑟琳说。

我以纵情大笑作为回应。

"希蒙·亚奈说，你遭受了很多痛苦。只有圣人才
会如此受苦。"

我止不住笑。我转身看向这个女孩，看向她呈现
给我的眼睛，她的眼睛不是用来看，不是用来哭，而
是用来说话，也可能是用来笑的。她把下巴藏在针织
套衫的领口里，遮住了颤抖的嘴唇。

"我，圣人？"我惊呼道，"啊！这也太好笑了……"

"你为什么要笑？"

"我笑，"我用断断续续的声音回答道，"我笑是因为我不是个圣人。圣人不笑。圣人是死的。我的祖母曾经是个圣人，她现在死了。我的老师曾经是个圣人，他现在也死了。我，看我，我还活着，而且我在笑。我活着并且在笑，就是因为我不是圣人……"

一开始，我花了很长时间去习惯我还活着的想法。我本来觉得我已经死了。我不能吃，不能读书，不能哭泣，我知道我已经死了。我本来以为我是个在梦中以为自己活着的死人。我知道我不存在了，我真正的自我留在了那边，我今天的自我与他人、与真实没有任何共通之处。我只是蛇留在它身后的皮，不再是属于它的了。

然后有一天，在大街上，一个老女人邀请我"跟她上楼"。她太老了，太干瘪了，以至于我甚至没有忍住从喉咙里喷出笑声。这个老女人面色苍白，我以为她会倒在我脚下。"你一点都没有同情心。"她用一种哽住的声音对我说。就在这时，突然间，一个事实撞击在了我的心上：我是活着的，我笑，我嘲笑不幸的老女人，我有能力让老女人遭受痛苦、感到羞辱，她们就像圣人一样唾弃自己的身体。

"那么痛苦会通向何处呢？"凯瑟琳有些紧张地问道，"不是通向神圣吗？"

"不！"我大声喊道。

我不再笑了。愤怒占据了我。我离开了窗边，站定在这个年轻女孩的面前。这个时候，她坐在地上，胳膊环住双腿，头落在膝盖上。

"这样说的人都是假先知。"我说。

我必须努力不叫喊，以防吵醒房子里的人和在外面的风雪中等待的死者。我继续说：

"痛苦把人身上最卑劣、最懦弱的部分凸显出来。在遭受痛苦的过程中，有一个阶段是要跨过的，过了这个阶段，人就会变成野兽：为了一口面包，为了一分钟的温暖，为了一秒钟的遗忘和睡眠，人们会牺牲自己的灵魂，但尤其会牺牲他同类的灵魂。圣人，是在这故事结束之前就死去的人。而其他人，要走到命运尽头的人，不敢再盯着镜子里自己的脸，因为他们害怕镜子会反射出他们内心的形象：嘲笑不幸的女人和死去的圣人的怪物……"

凯瑟琳有些呆滞，睁大眼睛听着。她的背部随着我说话慢慢弓下来。她苍白的嘴唇不知疲倦地嘟囔着一句话：

"继续！我想知道更多。继续！"

我跪下来，用双手捧起她的头，看着她的眼睛，开始对她讲述我祖母的故事，接着是我妹妹、我父亲、我母亲的故事，然后，我用简单的语言向她描述，人如何能成为一座没有埋葬的死者的坟墓。

我说着，说着。我加入一个又一个细节，我回想起在夜里烦扰我的尖叫和梦魇。而凯瑟琳，她十分苍白，眼睛发红，仍不停地向我请求：

"继续！多说些！继续！"

她说"继续"时的声音是热烈的，就像是想要快感持续的女人，她要求她爱的男人不要停下来，不要离开她，不要让她失望，不要在心醉神迷与虚无之间的道路上抛下她。"继续……继续……"

我的眼神和我的手都没有离开她。我想要摆脱自己身上的一切污秽，将之转移到这如此纯净、如此天真、如此美丽的瞳孔和嘴唇上。

我是赤裸的。我最卑鄙的思想和欲望，我最可憎的背叛，我最虚无的谎言，我将它们从我的内脏中连根拔出，放在她的面前，让她看到它们，闻到它们的臭味——多么不洁的祭物。

然而，凯瑟琳全神贯注地听着我的每一句话，仿佛她想在今日惩罚自己昨日没有受苦。时不时地，她用一种听起来极其像那位老妓女的渴望的声音要求道："继续……继续……"

最后，我筋疲力尽，停了下来。我任自己完全平躺在地毯上，闭上了眼睛。

接下来的沉默持续了很久：一个小时，也可能是两个小时。我无法呼吸。汗水浸透了我的衬衫，它粘在我的身体上。凯瑟琳一动不动。外面，夜晚沉闷地流逝着。

我们突然听见送奶工的汽车声从楼下的街上传来。

车停在了门前。

凯瑟琳深深呼吸了一下，说：

"我想下楼，抱一抱送奶工。"

我什么都没说。我没有力气。

"我想抱他，"凯瑟琳说，"只是因为想感谢他，感谢他存在。"

我继续缄默不语。

"你什么都不说吗？"这个年轻女孩很惊讶，"你不觉得好笑吗？"

看到我仍保持沉默，她开始抚摸我的头发，然后她的手指摸索着我脸部的轮廓。我喜欢她的抚摸。

"我喜欢你抚摸我。"我对她说，眼睛仍然闭着。

我迟疑了一下，补充道：

"看，这是我不是圣人的最好证明。在这方面，圣人就像死人一样：他们不知道什么是欲望。"

凯瑟琳的声音越来越轻，越来越接近挑衅：

"那你渴望我吗？"

"是的。"我向她承认。

　　我再一次想放声大笑：一个圣人，我！多么精彩的笑话！我，一个圣人！一个圣人会对一个女人的身体产生这样的欲望吗？他会感到这样一种需要，需要把她抱在怀里，用吻覆盖她，撕咬她的身体，占有她的呼吸、她的生命、她的乳房吗？不，一个圣人不会接受跟一个眼睛同死去的祖母——她的黑色头巾仿佛裹住了宇宙的日日夜夜—— 一样的女人做爱。

　　我坐了起来。愤怒充斥我的声音。

　　"我不是个圣人！"我大喊道。

　　"不是？"凯瑟琳笑不出来了，问道。

　　"不是！"我很愤怒，又说了一遍。

　　我睁开眼睛，看到她极度痛苦。她咬着自己的嘴唇，脸上露出悲惨的愁容。

　　"我要向你证明我不是个圣人。"我恶狠狠地吼道。

　　我一句话都没说，开始脱她的衣服。她没有任何反抗。一脱光，她又回到刚才的姿势。她的头落在膝盖上，在我脱衣服的时候不安地盯着我。她嘴唇周围出现两道皱纹。从她的眼神里，我看到了恐惧。我为此感到高兴：她害怕我，这很好。恐惧，这是一种我们应该唤起的感情。所有那些像我一样，从地狱中走出，却把灵魂留在那里的人，在这里都只是为了成为他人的镜子，让他人感到恐惧。

"我要占有你，"我用一种严厉的，几乎是带有敌意的语气向她宣布，"但我不爱你。"

我想：要让她知道这些。我并不具有圣人的任何特质。我要跟她做爱，这一行为并不使我自身卷入其中。而一个圣人，他把他的存在嵌入他的每一个举动中。

她散开头发，头发落进肩窝里。她的胸部以没有规律的节奏起伏着。

"那如果我爱上你了呢？"她故意用一种天真的语气质问我。

"不可能！你会厌恶我还差不多。"

她的脸变得更加悲伤、更加痛苦了一些：

"恐怕你是对的。"

在城市上空的某处，黎明正准备从大雾弥漫的世界中升起。

"看着我。"我说。

"我在看你。"

"你看到了什么？"

"一个圣人。"她回答道。

我又笑了：我俩都光着身子，而我们中的一个是圣人？这太滑稽了！我一把把她抓住，想方设法地把她弄疼。她咬着自己的嘴唇，没有叫出声来。我们待在一起，直到下午很晚的时候。

一言不发。

再无一吻。

烧一下子就退了下来。我的名字被从危急名单中划掉了。我还是很难受，但我已经脱离生命危险了。我还在注射抗生素，但针与针间隔的时间越来越长。一天四针，然后是三针、两针，再到不需要打针了。

当我被允许接受探视时，我已经在医院住了接近一个星期，其中有三天我打着石膏。

"今天你的朋友可以来看你了。"护士在帮我梳洗的时候告诉我。

"很好。"我说。

"这就是你对这件事的反应吗？"护士有些惊讶，"你能见到朋友不开心吗？"

"开心，很开心。"

"你来自很远的地方吧。"她说。

"很远。"

"你话不多嘛,是吧?"

"不多。"

我发现了生病的一个好处:可以保持沉默,并且不用对此感到抱歉。

"早餐过后,我来帮你刮胡子。"护士说。

"没用。"我说。

"没用?"

她看起来充满疑惑:在医院做的所有事都不是没用的!

"对,"我回答,"没用。我想留胡子。"

她盯着我看了一会儿,然后宣布了她的判决:

"不行。必须要给你刮胡子。你看起来病得太重了。"

"所以我实际上不是吗?"

"是,但刮了胡子,你会感觉好一点。"

她不等我回答,就接着说:

"你会感觉自己重获新生。"

她年轻，黝黑，得体。她个子很高，被束紧在她白色的制服里，她占了上风，这不仅仅是由于她具备站着的优势。

"好吧，"为了结束对话，我这么说道，"这样的话，那我愿意。"

"太好了！"她惊呼道，"这才像个男孩！"

她为自己的胜利满心欢喜，嘴巴张得大大的，露出洁白无瑕的牙齿。她充满善意地笑着，开始给我讲故事，故事的寓意可以这么总结：死亡不敢攻击那些每天早晨都把自己收拾得漂漂亮亮的人。不死的秘诀可能是拥有一管好的剃须膏。

帮我梳洗完后，她给我送来了早餐：

"我照顾你，就像你是个宝宝。你不为自己是个宝宝感到害羞吗？在你这个年纪？"

她出去了，很快又回来，带着一把电动剃须刀：

"要把你收拾得好看点儿。我希望我的宝宝是漂亮的！"

这个机器发出震耳欲聋的噪声。护士喋喋不休。我没有听。我想到了出事故的那天晚上。那辆出租车高速行驶着。我没有料到它会把我送进医院。

"好了,"护士高兴地欣赏着,"现在你漂亮啦。"

"我知道,"我说,"我是个新生儿!"

"等我给你拿面镜子来!"

她的眼睛很大,瞳孔很黑,瞳孔旁的眼白很白。

"我不想要。"我说。

"要的,要的。"

"听着,"我威胁她道,"如果你给我拿来一面镜子,我就把它砸碎。一面破碎的镜子,就是七年的霉运!这是你想要的吗?七年的霉运?"

有那么片刻,她的眼神停在我身上,想弄清楚我是不是在开玩笑。

"是真的,"我重复道,"所有人都会跟你说,不要打碎镜子。"

她仍然在笑,但她现在的声音比之前多了一丝担忧。她在她的白色工作罩衣上擦着手。

"你是个坏男孩,"她说,"我不喜欢你。"

"太遗憾了!"我回答,"我很喜欢你!"

她自顾自地说了些什么,然后离开了房间。

我面对着窗户躺着,可以看到东河。一条小船正从河面上驶过:蓝底上有着黑灰色斑点。幻影。

有人敲门。

"进来!"

是保罗·拉塞尔医生,他双手插在口袋里,拾起了我们上次对话留下的话头。

"今天早上好点了吗?"

"是的,医生。好多了。"

"不发烧了,敌人被打败了。"

"这很危险,一个被打败的敌人,"我提醒道,"他只会想着报仇。"

医生严肃起来。他从口袋里拿出一支烟,然后把它递给我。我拒绝了。他给自己点上了它。

"你还疼吗?"

"嗯。"

"会持续几周。你不害怕吧？"

"害怕什么？"

"要遭受疼痛。"

"不，我不怕疼。"

他直勾勾地盯着我的眼睛：

"那你害怕什么？"

我再次产生了一种他对我隐瞒了什么的感觉。难道他知道了吗？手术的时候我说了梦话？

"我什么都不害怕。"我对抗着他的目光，回答道。

沉默。

他走到床边，在那儿待了一会儿。好吧，我想道，一个背部就可以让河流不再存在。天堂，就是没有东西挡在眼睛和树之间。

"你这儿的风景很美。"他说道，没有转过身来。

"是很美。河流像我一样，它几乎一动不动。"

"纯粹是错觉！它只有表面是平静的。好好感受它，表面之下，它波涛汹涌……"

他突然转过身来：

"……就像你，可以这么说。"

他到底知道什么？我担心地问自己。他说话的语气就像他知道一样。有没有可能是我背叛了自己？

"每个人都像河流，"我说，想要把主题往更抽象的方向引导，"河流流向永远都不会满的大海，人被永远都喂不饱的死亡吞噬。"

他的手做了个泄气的手势，就像是在说：好吧，你不想说，你逃避，这没什么，我等着。

他走向门口，步伐很慢，然后停下来：

"凯瑟琳托我告诉你，她下午晚些时候会来看你。"

"你见到她了？"

"是的。她每天都来。真是个非常好的女孩。"

"非——常——"

他站在微开的门的缝隙处，他的声音从很近的地方传到我这里来，门一定离床很近。

"她爱你。"医生又说。

他的声音变得严厉而坚决：

"那你呢？你，爱她吗？"

他强调了“你”。我的呼吸加快了。他知道什么？我焦虑地自问。

“当然，”我故作镇定地回答，“我当然爱她。”

没有任何动静，沉默得很彻底。走廊里，声音发齉的喇叭播报着：“布朗斯坦医生，电话有人找……布朗斯坦医生，电话有人找……”但那是来自另一个世界的回声。这里，在这个房间里，彻底的沉默统治着一切。

“那太好了，”拉塞尔医生说，“我要走了。今晚或明天见。”

另一艘船从窗前滑行而过。外面，空气灵动而鲜活。我想，就在这个时刻，很多人在大街上散步，不系领带，穿着随意。他们读书、谈话、吃饭、喝酒，为给车辆让行，为取悦一个女人，或是为凝视橱窗而停下脚步。外面，就在这个时刻，很多人在行走。

大约在中午过后，我的一些同事出现了。他们成群结队，心情愉悦，并试图向我传达他们的愉悦。

他们对我讲着别人的闲话：谁做了什么，谁说了什么，谁背叛了谁。最新的词语，最新的秘密的泄露，最新的故事。

然后谈话回到了事故这个主题上。

"不过，"一个人说，"你还是很幸运，你本来可能死在那儿。"

"或者失去一条腿。"另一个人说。

"或者甚至脑子坏掉。"第三个人说。

"你要发财了，"桑多尔说，他是个匈牙利人，"我也有同样的经历，我曾经被一辆车撞翻过，保险公司支付了我一千美元。你很幸运是跟一辆出租车打交道，出租车的保险金额一般都很高。你要发财了，我跟你说。幸运的家伙，可以啊！"

我浑身都疼，我无法动弹，我几乎是瘫痪的，但我很幸运。我要发财了，我可以去旅行，经常去歌舞厅，养着几个情妇，不把世界放在眼里：多幸运啊！我都很难让他们不说羡慕。

"人们总跟我说，美国的大街上遍地是黄金。"我说，"所以这是对的：你只要倒下就能把它们捡起来。"

他们笑得更欢了，我跟他们一起笑。有那么一两次，护士进来给我喂水，她也跟着我们一起笑。

"他今天早上还不愿意剃胡子！"她对他们说。

"他有钱，"桑多尔说，"有钱的男人可以允许自己不好好刮胡子。"

"你们可真有意思！"护士边鼓掌边欢呼道，"那镜子的故事，他跟你们讲过吗？"

"没没没！"他们齐声喊道，"镜子的故事！"

于是她跟他们汇报，早上我甚至拒绝在镜子中看自己。

"有钱人都害怕镜子。"我说，"镜子不尊重钱，它们背后全是钱。"

病房里很热，石膏里更热。我的朋友们出汗了。护士用手背擦了擦前额。在她离开后，桑多尔给我递眼色：

"她身材特别好，是吧？"

"她一定很棒！"另一个人支持道。

"好吧！你在这里不会无聊的，我们至少可以这么说！"第三个人添油加醋道。

"不，我自己一点都不无聊。"我说。

在桑多尔想起来四点有一场新闻发布会时，这场面已经持续了很久。

"是啊，我们都忘了。"他们齐声说。

他们匆匆离开，把笑声带到了走廊里、大街上，最后带到了要发挥历史作用之处：联合国。

凯瑟琳来的时候，已经快七点了。她看起来比往常更加苍白，但也更加欢快，更加热情洋溢。她就像处于一生中最快乐的时刻。哦！多美的风景啊！看！这河！这个房间多美啊！它多么宽敞、多么高大、多么干净！你有座了不起的宝库！

简直疯了，我想。医院病房是世界上最让人高兴的地方。人人都在这儿装腔作势，包括病人。人们的态度、妆容、愉悦都是装出来的。

凯瑟琳不停说着，说着。她不喜欢那些滔滔不绝，而所说内容又空洞无物的人，而她，现在却一直这么做着。为什么她害怕沉默？我紧张地自问。难道她也知道些什么吗？她所处的状况倒是很利于知道。车祸发生的时候，她就在那儿，在我前面一点儿，她当时可能已经转过身了。

我本来想把对话引到这个主题上，但我没能阻断她浪潮般的话语。她说着，说着。伊萨克取代了你在报社的位置。办公室里的电话不停地响，许多人问你的情况。你知道吗，甚至还有他——他叫什么来着？你知道我说的是谁，那个胖子，那个肚子像怀孕妇女的：你肯定知道，就是那个生你的气的，好吧，他也打电话来了。这些是伊萨克告诉我的。还有……

有人敲门。一个护士—— 一个新的护士，不是早上那个——带来了晚餐。这是个上了年纪的女人，她戴着眼镜，极度冷漠。她提出要帮我进食。

"放在那儿吧，"凯瑟琳说，"我来。"

"好吧，"这位老护士说，"随你。"

我不饿。凯瑟琳还坚持着：来点儿汤？来吧来吧，要喝点儿。你已经失去太多体力了。来，一勺，就一勺。再来一勺。就算是为我着想。把这勺也喝了。好。现在到下一个环节。看！——是一块儿肉——啊！它看起来多好吃！

我闭上了眼镜，捂住了耳朵。这是唯一的方式。一种想要大声叫喊的欲望袭来，但不应该大声叫喊。再说，这能有什么用呢？

凯瑟琳说着，说着。

"……我还请了一个律师，一个大律师，他准备起诉出租车公司，要求损害赔偿。他明天会来见你。他积极乐观，说你会获得很多钱的赔偿……"

晚饭结束，她拿起托盘，把它放在桌子上。看着她忙忙碌碌的样子，我能感受到她的步伐有多么疲惫。现在我理解了她为什么要说那么多话：她在崩溃的边缘。在她努力表现出的欢快背后，藏着疲惫。七天。离事故发生已经七天了。

"凯瑟琳？"我叫她。

"怎么了？"

"过来，坐在这儿。"

她听了我的话，坐在了床边。

"怎么了？"她担心地问道。

"我想问你一件事。"

她皱起眉头：

"什么？"

"我不认识你了。你变了。你说了好多话。为什么呢？"

轻轻的颤抖穿过她的眼睑、她的肩头。

"七天以来，有太多事情堆积在一起了，"她说着，脸微微有些红，"我想告诉你这些，告诉你一切。你忘了，我已经有七天没跟你说过话了。"

她盯着我，眼神就像是一个被打了的女人，然后低下头来。然后，慢慢地，不由自主地，她开始用非常小的、疲惫的声音不停地说：

"我不想哭，我不想哭，我不想……"

可怜的凯瑟琳，我想。我改变了她。骄傲的凯瑟琳，所有意志都屈服于她的凯瑟琳，力气十足且非常坚韧的凯瑟琳，精神力量强大的凯瑟琳，有个性的男人喜欢跟她平等地比较，以进行自我评估，而这样的凯瑟琳居然没有足够的力量去抑制泪水和话语。

我改变了她。一个想要改变我的她！"我们无法改变一个人。"我从一开始就这么对她说，从一次到一千次。"你可以改变他的思想，你可以改变他的态度，更换他的领带，必要时，你还可以改变他的欲望，但就到此为止了。""这对我来说就够了。"她回应道。

然后斗争开始了。她不惜一切代价地想让我快乐，让我品尝到生活的甜头，让我忘记过去。"你的过去已经死了，死亡了，被埋葬了。"她说。然后我回应道："我的过去，就是我本身。如果它被埋葬了，我就跟它一起被埋葬了。"

她还是不屈不挠地斗争着。"我很厉害，"她说，"我一定会赢。"而我，我回应道："你很厉害，你很漂亮，你具有能够打败活人的所有品质。但是，在这里，是死人在与你作战。你无法打败死人！""我们拭目以待吧。"

"我不想哭。"她低着头说道，仿佛创世以来所有死人的重量都牵扯着她的脑袋。

我说了人是不会变的？好吧，我错了。人是会变的。死人是无所不能的。这是她拒绝去理解的：死人是不可战胜的，是他们在通过我来与她对抗。

作为富有的波士顿人的独女，她倔强又固执。她骄傲到了近乎天真的程度。她不习惯于输掉一场战役。她相信自己可以代理我的命运。

有一天，我问她是否爱我。"不。"她愤怒地回答我。可这是真的。她没有说谎。真正骄傲的人是不会说谎的。

我们的交往与爱情毫无关联。从源头上就无关，后来有了关联。在一切开始的时候是无关的。把我们结合在一起的，恰恰是把我们分开的。她热爱生命、爱情；而我，我想到生命、爱情的时候，只会感到无限羞愧。我们仍然待在一起。她需要斗争，而我，我看着她斗争。她先是在我的话语中，随后又在我的沉默中，发现了这个事实；而我一边观察她，一边撞向这个冰冷又无法改变的事实。

我们一起去过很多地方旅行。日子曾经很充盈，每一个时刻都曾经很稠密。时间重新成为一场冒险。她看见美丽的晨曦，会把她心中的狂喜告诉我；在大街上，是她指给我看漂亮的女人；在家里，她让我承认身体也是快乐的源泉之一。

一开始，在最一开始的时候，我回避她的吻。我们生活在一起，但我们的嘴唇并没有相遇。在与她的嘴唇接触的时候，我身上的某种东西会变得僵硬起来，就好像我害怕在我吻她的时候，她会变成另一个人。有很多次，她都差点要问出口，这是为什么，但她的自尊心最终占据了上风。然后，渐渐地，我放任了自己。每一次亲吻都会揭开一道陈旧的伤口。这样一来，我意识到，我对痛苦是持续敏感着的；我还意识到，我在不断地回应着过去的召唤。

这种状态持续了整整一年。在庆祝我们相遇的周年纪念日时——我们喜欢这样明确我们之间的联结——我们一致决定分开。在一起的尝试失败了，没有理由再持续下去。

　　那天晚上，她和我都无法入眠。我们躺在彼此身边，一言不发，我们惶恐地等待着破晓时分。在黎明即将来临的时候，凯瑟琳把我拉向她，在黑暗中，我们的身体最后一次缠绕在一起。一个小时之后，沉默还在持续，我起身，穿上衣服，然后离开了房间，没有说一句永别，甚至没有转身告别。

　　外面，清晨刺骨的风撕扯着房子，街道还很荒凉。某处，有一扇门在吱吱作响。一扇窗户亮了，孤单又暗淡。天气很冷。我的双腿想要跑起来，但我成功地做到了走得很慢，非常慢：不应该向任何软弱屈服。我的眼睛留下了泪水，可能是因为寒冷。

　　"我不想哭。"凯瑟琳说。

　　她摇了摇她低下的头。

　　可怜的凯瑟琳！我想道。死者连你都改变了。

　　律师第二天来了。他戴着眼镜，中等身材，看起来自命不凡，仿佛在向你提出问题前就已经知道了你的答案。

他做了自我介绍：马克·布朗。

"叫我马克吧。"

他很随意地坐下，然后从公文包里拿出一个巨大的黄色活页记事本。

"我跟你的医生们聊过了，"他告知我，"你现在情况很糟糕。这很好。"

"的确是，"我说，"这很好。"

他感受到了讽刺的意味。

"哦！我只是从诉讼的角度来说的。"他为自己辩解，给我递了个眼色。

"我也是，"我回应道，"看起来你会让我变有钱。"

"我是乐观主义者。"

"要当心，我的敌人不会原谅你的：我现在正走在一条成为富有记者的道路上！"

他笑了：

"就这一次，法律会站在文学这一边！"

　　他对我进行了严密的审问：事故发生的那天晚上到底发生了什么？我是一个人吗？不。谁跟我在一起？凯瑟琳。是的，正是那个给他打电话的年轻女人。我们在晚饭前或者吃晚饭的时候喝酒了吗？没有，饭前没喝，吃饭时也没喝。我们吵架了吗？没有。我们有没有在过马路前等路灯？等了。出租车是从左边来的，我看到它来了吗？

　　我花了一些时间来回答最后这个问题。马克摘下他的眼镜，一边擦着镜片，一边重复道：

　　"你看到它来了吗？"

　　"没有。"我说。

　　他的目光变得具有穿透性。

　　"你似乎有些犹豫。"

　　"我在试着回顾、重现那个场景。"

　　马克很聪明，洞察力很强。为了充分准备材料，他坚持要获得大量细节，这些细节乍一看跟事故本身没有直接关联。在建立起行动计划之前，他坚持要知道全部。审问持续了好几个小时，他对此很满意。

"毫无疑问，"他总结道，"司机犯的是疏忽罪。"

"我希望他不会因此而遭受痛苦！"我不安地惊呼道，"我不希望他受惩罚。无论如何，这也不是他愿意发生的……"

马克·布朗安慰我道：

"别害怕。不是他付钱，是他的保险公司付钱。他，一个穷鬼，我们对他没有任何恶意。"

"你确定吗？百分百确定？他什么事都没有？"

可怜的家伙！我想。他与此完全无关。他的妻子，一个老女人，给我打了电话，她替她丈夫向我道歉。他不敢，他甚至不敢请求原谅。

"百分百确定，"律师带着一丝干笑说，"你会变有钱，而他不会变穷。所以什么都别怕。"

我胸口提着的那口气不自觉地松了下来。

每天早上，拉塞尔医生都来找我闲聊。他养成了在我这儿结束每日例行巡视的习惯。他经常在这儿待一个小时或者更长时间。他通常不敲门就进来，然后坐在靠窗的那一边，双手插在他白色工作罩衣的口袋里，双腿交叉，双眸映出河流变幻无常的色彩。

他跟我说了很多他自己的事，关于他在前线的生活——他在朝鲜打过仗——关于他的工作以及工作带给他的愉悦和反叛。他从死亡手中夺下的每一个战利品都会让他开心，就好像他赢得了全宇宙的胜利。失败往往会给他的眼睛蒙上一层阴郁，我只要仔细地观察他，就能猜出他当晚的比赛是赢是输。他将死亡视作他个人的敌人。

他经常苦涩地对我说："让我感到绝望的是，我们拥有的武器是不平等的。我的胜利之于我只能是一时的，但他们的胜利是决定性的，总是如此。"

一天早上，他显得比平时更开心。他没有坐在他最喜欢的窗边的位置上，而是在房间里大步走来走去，就像是一个醉酒的男人，不停地给自己讲着各种各样的故事。

"你喝酒了，医生！"我嘲讽他道。

"喝酒！"他叫道，"怎么可能，我不喝酒。我从来不喝酒。今天我就是纯粹地开心，极其开心。因为我赢得了胜利。啊！是的，这次，我赢得了胜利……"

他的胜利有一种酒的味道。他没有办法待在原地不动。为了把开心的感觉分成两份，他想要既是自己又是另一个人：见证者和英雄。他想要唱歌，也想要聆听自己唱歌，他想要跳舞，也想要观看自己跳舞，他想要爬到最高的山峰之巅，用自己所有的力气叫出、喊出："我胜利了！我战胜了死亡！"

手术很困难、很危险：一个十二岁的小男孩只有很低——非常低——的概率可以存活下来。已经有三位医生宣告他没救了。但他，保罗·拉塞尔，决定挑战不可能。

"这个小家伙能脱身了！"他用雷鸣般的声音说道，面色绯红，仿佛被内心的太阳点燃了，"你明白吗？他能活下来了！可是一切好像还是彻底失败了！病症在一条腿上，而且还感染了附近的血液。我截掉了这条腿。其他人说这样做无济于事，已经太晚了，骰子已经掷出了。但我没有退缩，我投入了战斗。每呼吸一次，我都要用尽我拥有的所有武器跟自己斗争，包括我的指甲。但你看，我赢了！啊！这次，我赢得了胜利！……"

这是拯救了一个人类生命的愉悦，我想，而我，我从来不认识它，我甚至不知道它是存在的。将一个男孩的生命握在手中，是在取代上帝。然而，我从来没有怀抱过让自己超越人类这一层级的梦想。人的确立不是通过否定其自身之物，而是通过肯定其自身之物，它不在我们面前，也不在我们旁边，而是在我们自己身上。

"你看，"保罗·拉塞尔转变了声调，说道，"你和我之间的不同是这样的。你与你周边之物和勾勒出你视野边界之物的联系，是以一种间接的方式建构起来的。对于生活，你只了解其中的文字、皮层、表象、概念。在你与你邻人的生活之间，会一直存在一层帷幕。一个人活着这件事不能满足你，你还需要知道他用他的生命做了什么。而我与你不同。我对人表现出更多宽容。我们有着同样的敌人，它只有一个名字：死亡。在它面前，我们是平等的。在它眼里，没有一个生命比另一个生命分量更重。从这个角度来看，我与死亡合而为一。人之所以让我着迷，是因为他们有种要活着的力量。这种行为只是重复。如果你的手掌中握着一个人的生命，你也会开始喜欢当下而非未来，喜欢具体之物而非理想，喜欢生命而非它包含的问题。"

他沉默了，在窗前站了一会儿，随后笑了笑，接着用一种低了八度的声音继续说道：

"我的朋友，属于你自己的生命，我在这里得到了它。这里，在我的手掌里。"

他缓缓转过身，伸出手来，颤抖着。渐渐地，他的脸色恢复了正常，他的动作也不再唐突。

"你相信上帝吗，医生？"

我的问题让他措手不及。他突然站立不动，皱起眉头。

"相信，"他回答，"不过，在手术室里除外。在那里，我只能相信自己。"

他的目光变得深邃起来。他又说道：

"相信我自己，相信病人。或者，如果你喜欢的话，也可以这么说：相信在患病的身体中仍然跳动的生命。生命想要活着，生命想要继续，它对抗着死亡，它在斗争。还有我的盟友：病人。他支撑着我。我们俩齐心协力，就比敌人更强大。比如今晚那个男孩，他不接受死亡，是他帮助我打赢了这场战争。他紧紧抓着，牢牢抱着，毫不退让。尽管他睡着了，被麻醉了，他还是参加了战斗……"

他还是站在原地不动，开始紧紧地盯着我。令人尴尬的沉默。再一次，我有种他知道了的感觉，他说这些只是为了戳穿我。我决定了，现在正是合适的时机，否则永远都不会知道。必须在此刻结束所有的不确定。

"医生，我想问你一个问题。"

他点了点头表示同意。

"手术的时候我说了什么？"

他想了一会儿，说：

"没有。你什么都没说。"

"你确定吗？一个字都没说？"

"一个字都没说。"

我放松下来，掩饰不住地笑了起来。

"现在轮到我了，"医生庄重地说，"我也有一个问题。"

我的笑凝固了。

"说吧。"我说。

我不得不抵制闭上眼睛的欲望。房间里突然太明亮了。忧虑染上了我的声音、气息、眼神。

医生轻轻地低了低头，几乎无法察觉。

"你为什么不想活了？"他用极低的声音问道。

在这一瞬间，所有的一切都在摇晃。不稳定的灯光自己变换着颜色，白色、红色、黑色。血液冲击着我的太阳穴。我的脑袋变得让我自己觉得陌生。

"不要否认，"医生的声音更小了，"不要否认，我知道。"

　　他知道。他知道。他知道。一把看不见的虎钳钳住了我的喉咙。我随时都会窒息而亡。

　　我虚弱地问他是谁告诉他的，是凯瑟琳？

　　"不，不是凯瑟琳，没有人，没有人跟我说这些。但我还是知道了。我猜出来的。在手术的过程中你没有帮我，一刻都没有。你放弃了我。我要一个人战斗，完完全全地一个人。不仅如此，你还站在我的对立面，对抗我。你站在敌人的那一边。"

　　他的声音有些生硬，痛苦而生硬：

　　"回答我！为什么你不想活了？为什么？"

　　我恢复了平静。他不知道，我想。他猜测的那点东西根本不算什么，只是一种印象，仅此而已，没什么具体的实质性内容，不构成有序的体系。但他的方向是正确的，只是他没有走到终点。

　　"回答我，"他重复道，"为什么？为什么？"

　　他越来越坚持。他的下嘴唇开始紧张地颤抖。他自己意识到了吗？我想，他想要知道我的答案，是因为我留下他一个人，是因为直到现在，我仍然在逃避他，既不感激他，也不钦佩他，所以他才会这么生气。他猜测，我对生命毫不在乎；他猜测，在我内心深处，已经不再抱有继续向前的渴望。而这侵蚀了他的观念和价值体系的根基。在他的知识结构里，人应该活着，应该为生命而战斗。人应该帮助医生，而不是与医生对抗。而我，我在与他作战。他违背了我的意愿，挽救了我的生命。我差一点就能见到祖母了。我已经站在了门口，但保罗·拉塞尔站在我身后，阻止我跨过门槛。他把我拉向他，他独自一人跟祖母和其他人对抗。他赢了。这是他的又一场胜利——一条人命。我本该高兴地尖叫，让叫声震颤整个宇宙的壁垒。然而，我打乱了他的计划。这就是他生气的原因。

可以看出拉塞尔医生在努力抑制自己的情绪。他一直愤怒地看着我，面部因充血而通红，嘴唇还在微微颤抖。

"我命令你回答我！"

这位严厉而无情的审讯者提高了声调。一种冰冷的怒气让他攥起了手。

　　我想，他要叫喊了，要打我了。谁知道呢？他也许能掐死我，把我送回战场。医生也是人，所以会仇恨，也会失去自我控制。他很轻易就能用他的两只大手环住我的脖子，然后紧紧扼住它。对他来说，这很正常，也符合逻辑。我对他而言是一种危险。这个放弃生命的人，对他，以及他在这个生命已如此渺小的世界上所捍卫的东西，构成了一种威胁。在他眼中，我是一个亟待切除的肿瘤。如果所有人都开始期盼死亡，那么人类及其平衡法则将何去何从？

　　我感到很平静，能很好地把控自己。如果仔细探寻，我甚至还能发现，在我的平静背后，还隐匿着某种满足和奇异的喜悦——可能这仅仅是出于幽默？——这是由对我们的力量和孤独的了解带来的。我对自己说：他不知道。而他若要知道，他的未来若要由此改变，只能倚仗我。在这一瞬间，我，就是他的命运。

　　"我跟你讲过我人生中第一次手术时做的那个梦吗？"我微笑着，用一种愉快的声调问他，"没有吗？

你想要我跟你讲吗？"

"那时我十二岁。我妈妈把我带到我表哥奥斯卡·什雷泰尔的私人诊所，去做扁桃体切除手术。他给我戴上了乙醚麻醉面罩，几秒钟后，我就睡着了。醒来的时候，奥斯卡·什雷泰尔问我：'你疼吗？你是因为这个哭的吗？''不是，'我回答，'我哭是因为我刚刚看到了上帝。'我做了一个震慑人心的梦：我上了天堂。上帝坐在他的宝座上，正在召开天使会议。将我跟他隔开的距离是无尽的，但我还是能清楚地看到他，就像他近在咫尺。在上帝的示意下，我开始向前走。我走了好几辈子，但我跟他之间的距离并没有缩短。然后，两个天使把我轻轻抬起，突然间，我就站在了上帝面前。终于！我想，现在我可以问他这个困扰着所有以色列天使的问题了：痛苦的意义是什么？但惊慌失措的我没能发出任何声音。与此同时，其他问题又一股脑涌进我的脑海：解脱的时刻何时到来？善何时能打败恶，以让混沌永久地散去？但我的嘴唇只能颤抖，这些语句藏匿在我的喉咙里。这时，上帝

对我说话了。他刚才制造了如此彻底、如此纯粹的沉
默，以至于我的心脏都为它的跳动感到羞愧。当上帝
的话语响起的时候，沉默的气氛丝毫没有减弱。在他
这里，言语与沉默并不矛盾。上帝回答了我所有的问
题，还回答了许多其他问题。然后，两个天使扶着我
的胳膊，再一次把我轻轻抬起，送上返程。一个天使
对另一个说：'他变重了。'另一个回答：'他带上了一
个重要的答案。'我就是在这个时刻醒过来的。什雷泰
尔医生微笑着，俯身倾向我。我想着要跟他说，我刚
才听到了上帝的话语，但这时，我惊恐地发现我已经
都忘了。我想不起来上帝对我说了些什么。我开始流
泪。'你疼吗？你是因为这个哭的吗？'善良的什雷泰
尔医生问我。'我不疼，'我回答，'我哭是因为我刚
刚看到了上帝。他对我说话了，但我忘了他对我说了
什么。'医生友善地笑了，说：'如果你想的话，我可
以让你再睡着，你只需请他再重复一遍……'我哭着，
而我表哥笑得很开心。"

"……医生，你看，这一次，我躺在你的手术台

上，睡得很沉，但我没有在梦中见到上帝。他不再在
那儿了。"

保罗·拉塞尔全神贯注地听着我说话。他朝前倾
斜了一点，就像是在探求我每一句话背后隐藏的含义。
他的脸色变了。

"你没有回答我的问题！"他指明这一点，神经紧
绷着。

所以说，他没有理解。对他问题的回答？这就是
回答啊！他没有看出第二次手术跟第一次哪里不同
吗？这不是他的错。让他理解是不可能的。我们是如
此不同，我们相隔如此遥远。他的指尖触碰着生命，
而我的指尖抚摸着死亡。没有中间者，没有隔断。生
命，死亡，两者同样赤裸裸，同样真实。这个问题已
经跃至我们之上，它在一个看不见的空间中，在一块
儿遥远的幕布上，在我们所代表的两种力量之间，独
自上演。

他站在床边，他的存在充塞了整间屋子。他等待
着。他模糊地预感到有一个让他生气的秘密。正是这

个秘密使他迷失方向。我们两个都还年轻，而且更重要的是，我们都还活着。他充满力量、坚定不移地看着我，想要在我身上抓住从他身上流走的东西。原始人应该就是这样追寻从山后溜走的白日的。

我想对他说：走开！保罗·拉塞尔，你是一个正直而有勇气的人。你的本分是让我一个人待着，不要要求我说话，不要企图知道些什么，无论是我是谁，还是你是谁。我是一个讲述者，我的传奇只有在黄昏时分才能讲出来，谁听了这些传奇，谁就会质疑自己的人生。走开！保罗·拉塞尔，所以快走开！我的传奇中的英雄很残暴，冷酷无情，他们能把你扼死。你想知道我到底是谁？我自己都不知道。有时，我是刽子手什穆埃尔。好好看着我。不，不是脸，是手。

掩体里大约有十个人。一夜又一夜，他们听着德国警犬在废墟中搜寻躲在地下藏身点的犹太人。什穆埃尔和其他人几乎没有水、没有面包、没有空气地活着。他们在努力坚持。他们知道，在这里，在地下，在他们狭窄的监狱中，他们是自由的：上面，意味着死亡。一天晚上，一场灾难差点发生。是戈尔达的错。她带着她的孩子—— 一个几个月大的婴儿。宝宝开始哭闹，这样一来，所有人的生命都受到威胁。戈尔达试着安抚他，让他平静下来，让他入睡。无济于事。然后，戈尔达跟其他人一起，转向什穆埃尔，对他说："让他闭嘴。你来处理他，你的工作就是割断鸡的喉咙。你知道要怎样做，而不至于让他太痛苦。"什穆埃尔非常清醒，这是一个婴儿的生命与所有人的生命的对抗。他接过这个孩子。在黑暗中，他的手指摸索着，找到了他的脖子。接着，天空寂静了，大地也寂静了。只有狗还在远处吠着。

一个难以察觉的微笑出现在我的唇边。什穆埃尔，他也是个医生，我想。他救了很多条人命。

保罗·拉塞尔一动不动地一直等待着。

莫伊舍是个走私犯，他也是西盖特的人，我们是朋友。从八岁起，每天早晨六点，我们都在大街上见面，手里拿着灯笼，一起走上去犹太学校的路，那里等着我们的，是比我们个头还大的书。莫伊舍憧憬着成为拉比。而如今，他是一名走私犯，欧洲的所有警察都在找他。在营地里，他曾经看到一个虔诚的人用一周的口粮换一本祈祷书。这个虔诚的人不到一个月就离世了。在死之前，他亲吻了他珍贵的祈祷书，然后低声说："你毁灭了多少人，你说？"那天，莫伊舍发誓要改变自己的人生轨迹。于是人类之中多了一个走私犯，少了一个拉比。而人类也不会更糟糕到哪里去。

你想知道我是谁？医生？我也是走私犯莫伊舍。我尤其是那个看到祖母升天的人。她就像一簇火焰，赶走了太阳，夺取了它的位置。而这个新的太阳不给人照路，反而会使人失明，它让我不得不低着头走路。它使人类的未来背负上重担，它给后世的人心和愿景蒙上一层阴影。

如果我高声对他说话，他就会明白那些归来的、被甩在后面的、半死不活的人所处的悲惨境地。要仔细观察他们，他们的外表具有欺骗性，这就是走私犯。可以说，他们看起来就像其他人一样。他们吃，他们笑，他们爱，他们寻求金钱、荣誉、爱情，就像其他人一样。这是假象：他们在假装，有时甚至他们自己都不知道。见到他们所见的人，就不能再像其他人一样了，不能笑，不能爱，不能祈祷，不能踌躇，不能受苦，不能开心，也不能忘记。就像其他人一样。要仔细观察他们，当他们从一根无辜的工厂烟囱前走过时，或者当他们把面包送入口中时，他们身上的某种东西在颤抖，让你望而却步。这些生命被截去了一部分，不是一条腿，也不是一只眼睛，而是意志和活下去的欲望。他们所见之物，总会在某一天，浮出水面。

然后，这个世界将会遭受恐惧的侵袭，不再敢直视这些残缺灵魂的眼睛。

如果我高声说话，保罗·拉塞尔就会明白为什么不应该问那些归来者太多问题——他们不是正常的生命。他们身体内部的一根弹簧在撞击中断裂了。或早或晚，这一事实的结果都会显现出来。但我不想让他明白，不想让他失去他的平衡，不想让他瞥见随时都可能爆裂而出的真相。

为了让他留下我一个人，为了让他离开，我开始向他证明，他一直错了。当然，我想活下去。显然我想活着，想创造，想做持久之事，想帮助人类向前迈进一步，想为进步、幸福、人类的繁荣做出贡献！我激情澎湃地长篇大论，故意用复杂的、浮夸的词语，以及会引起玄妙共鸣的概念。由于他仍没有被完全说服，我抛出了让他无法再继续装聋作哑的论点：爱情。我爱凯瑟琳，我全心全意地爱着她。然而，如果一个人不珍惜自己的生命，如果一个人不相信生命、不相信爱情，他该如何去爱呢？

这位年轻医生脸上的表情渐渐恢复成往常的样子。我对他说了他想听的话，所以他的根基并没有受到威胁。一切都回到了秩序当中。病人与医生之间的友谊万岁！没有什么比生命更神圣、更高贵、更健康、更伟大。拒绝生命是一种罪孽、一种愚蠢、一种疯狂。要接受生命、珍惜生命、热爱生命，要把生命当作宝藏、当作女人、当作隐秘的幸福，来为之战斗。

现在，他又变得友善了。他递给我一支烟，用眼神鼓励我接受它。他松弛了下来，他的嘴唇恢复了正常的颜色，他的眼神不再蕴含愤怒。

"我很开心，"他最后说，"我一开始很害怕……我认识到我的错误了，我为此感到开心，真的。"

我也是。我很开心说服了他，真的。

没有比这更容易的了。他除了做受骗者，别无所求，我也就陪他做游戏。我给他朗诵了一篇他了然于心的文章。爱不是一个问号，而是一个感叹号，它能够自行解释一切，不需要借助富有逻辑的论证，逻辑有力，却又脆弱。一个陷入爱情的男孩比一个博学之人更懂得宇宙和造化。为什么我们会死去？因为我爱你，我的爱人。为什么平行线会在无尽之处相遇？这是什么问题！这只是因为我爱你，我的爱人。

这是得到了认可的。对于他们，对于男孩和女孩，对于身处魔法阵中的俘虏，这个答案似乎是绝对有道理的。在他们眼中，他们的冒险与宇宙的奥秘之间存在一种直接的关联。

是的，这很简单。我爱凯瑟琳，因此生命有了意义，人也不再孤单。爱是一种保障，甚至对于上帝之存在也是如此。

凯瑟琳。最终，我成功地说服了她，是的，她也被我说服了。是更困难一些，这毫无疑问。她更了解我，对我有防备心。跟避开了不确定性的年轻医生不同，她对细微的变化很敏感。对她来说，哈姆雷特只是个浪漫主义者，他自问的问题是一个看问题过于简单的人会提出的问题。问题的症结并不在于生存还是

死亡，而在于生存和死亡。人死之后仍在活着，他将
死亡呈现给活着的人，而这正是悲剧开始的地方。

她为什么要回来？她本不该回来的。无论如何，
我告诉她了。不，我没有告诉她，她是不幸的。我为
我无力让她不要再次偏离，而惊讶万分。

她很痛苦。在电话里，她的声音就已经透出了一
种疲惫。自我默默离去，已经过去了五年。那天上
午，天气寒冷得刺骨。而现在是秋天。五年！我从希
蒙·亚奈那儿得知，凯瑟琳回到了波士顿，在那儿跟
一个比她年纪大很多的十分富有的男人结了婚。

一天下午，在办公室里。工作焦头烂额：联合国
大会在举办年度会议。演讲、声明、控诉与反诉、决
议与反对。从主席台上的发言来看，我们的星球病得
很重。

电话响了。

电话的另一头传来呼吸声，然后一个声音低语道：
"我是凯瑟琳。"

然后她就没说话了，出现一段长久的沉默。我看

着我手里拿着的电话机，感觉它有生命。我想：上一次是冬天，现在是秋天。

"我想见你。"凯瑟琳说。

她的声音带着绝望，以及虚无。

"你现在在哪儿？"我问她。

她说了一个酒店的名字。

"等我。"我说。

我们同时挂断了电话。

她下榻在纽约最昂贵、最高雅的地区之一。她的房间在第十六层。我轻轻推开微张的门，没有发出响动。凯瑟琳站在开着的一扇窗前。她漂亮的黑色头发散落在肩上。她穿着一条深灰色的裙子，领口低得恰到好处。我很激动。

"你好，凯瑟琳。"我站在门口对她说。

"你好。"她回应我，没有转过身来。

我靠近一扇开着的窗，它面朝中央公园——这座规模宏大的城市中的"无人之地"，黑夜以同样的好意庇护着作恶者和恋人们。树木变成了橙黄色。空气滞重、潮湿、昏暗：冬日来临前的最后一股热潮。在最下方，不计其数的汽车开进叶丛，然后消失于其间。太阳把它金色的光线照在摩天大楼的玻璃幕墙上。

"帮帮我。"枯叶给整个公园披上了一层绯红的幔子，凯瑟琳死死盯着这些死掉的树叶，说道。

我偷偷看了她一眼，看到了她的左侧影。她脖子的轮廓还是透出一种同以往一样的敏感。

"你很愿意帮助我，是吗？"她说。

"当然。"我回答。

她这才把脸转向我，我在她的脸上读到了感激。她还是那么美，但她的美失去了它的骄傲。

"我很痛苦。"她说。

"什么都别说，"我回应道，"让我看看你。"

我坐在了沙发上，她开始在房间里走动。她说话时，上唇附近显露出一道道悲伤的皱纹。她的目光不时带着一种冷酷，那是来自屈辱的表情。她比以前抽烟更凶了。我想，骄傲的凯瑟琳，狂野的凯瑟琳，女王凯瑟琳——她就在那里。这是一个受虐的女人、一个溺水的女人。

她瘫倒在我对面的沙发上，重重地呼吸着。

"我想说话。"她说。

"说吧。"我对她说。

"我不羞于告诉你我想说话。"

"说吧。"我对她说。

"我不羞于告诉你我很痛苦。"

"说吧。"我对她说。

她在努力适应她所维持的偏离她本身的形象。以前，她的语言坚定有力，有一种坚毅的特征。以前，她从来不说自己的痛苦。而现在，她会说了。从近处听着她、看着她，才能够意识到她的美已经失去了力量和神秘感。

她说了很久。有时，她的眼睛会蒙上一层雾，但她成功地抑制住了眼泪，我很感谢她。

她结婚了。他爱她。她不爱他。她甚至不爱自己从他那儿得到的爱。她之所以同意嫁给他，正是因为他对她而言无足轻重。受苦、付出，这正是她想要的。

最终，她的丈夫明白了：凯瑟琳没有把他看成一个伴侣，而是把他当作一个仗义的人。她不期盼从他那里得到幸福，无论这幸福多么有限，而是想要得到惩罚。于是，他也开始痛苦起来。他们的生活成为一间刑讯室，他们彼此互为对方的刽子手和受害者。这种状况持续了三年。然后，有一天，她的丈夫临近崩溃。他要求离婚。她就来到了纽约，来休息，来重返正常，来见我。

"你会帮我的，是吗？"

"当然。"我回答。

她所要求的一切就是：让她留在我身边。她的生活是空的。她希望情况能够有所好转，能够重新开始生活，开始强烈地生活，就像从前：为清透的暮色感动到落泪，在剧院里大声欢笑，对恶劣的行为大声责骂。她所渴望的一切就是：重新成为她曾经的样子。

我本可以拒绝的，我知道。凯瑟琳——这个我熟悉的女人——应该得到比我的同意更好的东西。帮助她，就是贬低她、侮辱她。但我接受了。她是不幸的，而我，我可能太懦弱、太胆怯了，以至于没有办法对一个拿头撞墙的女人说不，而这个女人就是凯瑟琳。

"当然，"我重复道，"我会帮你的。"

她做出了一个动作，像是要投入我的怀抱，但又停住了。我们在沉默中长久地注视着彼此。

"谁是萨拉？"

这让我喘不上气来。凯瑟琳坐在床边，微笑着观察着我。眼里没有丝毫责备，只有好奇。

"你第一天昏迷的时候，这个名字就挂在嘴边。你没说其他任何话，只有萨拉。"

"为什么你今天才问我？"

我已经在医院里待了四周了。

"我太好奇了。我想向自己证明，我可以等。"

"这就是我说的全部？"

"是全部了。"

"你确定？"

"确定。头几天我一直在你身边，你没说其他的话。你一言不发。只有那么一两次，你说出了这个名字：萨拉。"

一种古老的疼痛在身体某处苏醒了。我不确知它具体在哪儿。一个炙热的铁块儿在撕扯我的胸口。

"萨拉。"我心不在焉地说道。

凯瑟琳仍在微笑，眼里没有丝毫担忧。但她撅起的唇边显现出不安，这种不安在等待着一个机会，想要伺机侵入整张脸、整个身体。

"是谁？"她再一次问道。

"这是我妈妈的名字。"我说。

微笑消逝了。焦虑与赤裸裸的痛苦交织在一起。凯瑟琳无法呼吸。

我对她说：小时候，我一直处于一种永恒的恐惧之中，我害怕在死后忘记我妈妈的名字。在学校里，老师对我说：你下葬三天后，一个天使会来敲三次你坟墓的门。他会问你的名字。你会回答："我是埃利塞尔，萨拉的儿子。"如果你忘了，就倒霉了！死去的灵魂，你将永永远远地留在地下。你将无法跟那些等待忏悔时刻太久的人一起进入裁判所，以知道你的位置是在天堂还是地狱。你将被判处在虚空的混沌之境流浪，没有惩罚，也没有痛苦；没有公正，也没有不公正；没有过去，也没有未来；没有希望，也没有绝望。忘掉母亲的名字是很严重的，这就像是忘掉了自己的本源。记住："埃利塞尔，萨拉的儿子，萨拉的儿子，萨拉，萨拉，萨拉……"

"萨拉是我妈妈的名字，"我说，"我没有忘记它。"

这个年轻女人的身体扭动着，就像在一个看不见的火刑柴堆上。她害怕没有遭受足够的痛苦。但她也不应该去听我在毫无防备的情况下所说的话。她不应该利用我的状态去阐释我的沉默，去获取那些我一直维持着其隐秘性的名字。我妈妈叫萨拉，我从来没有谈及过。我爱她，但我从来没有对她说过。我爱她爱得如此猛烈，所以我要对她表现得很强硬，为了不让她猜到我爱她。是的。她死了。她随着我的祖母一起，升天了。

"萨拉，"凯瑟琳用一种破碎的声音说，"我喜欢这个名字，它让人想起与《圣经》有关的时光。"①

　　"我妈妈叫萨拉，"我又说了一次，"她死了。"

　　凯瑟琳的脸痛苦地扭在一起。她看起来像一个女巫，由于戴着面具，失去了真实的脸。一场大火在她身边燃起。突然，她发出一声大叫，然后开始哭泣。我的妈妈，她，我从来没有见过她哭。

---

①　或指撒拉（Sarah），亚伯拉罕的妻子。原名撒莱，后由耶和华赐名为撒拉，意为多国之母。记载在《圣经·创世记》和《古兰经》中。

萨拉。

这也是这个小女孩的名字，她有着蓝色的眼睛、金色的头发，早在我认识凯瑟琳之前，我就在巴黎遇见了她。

我坐在蒙帕纳斯附近一家咖啡馆的露天座位上看报纸，她坐在我的隔壁，喝着一杯柠檬汽水。她想方设法吸引我的注意，这让我脸红。她注意到了，于是对我笑得更美了。

我感到局促，不知道该以怎样的态度面对她。我的脑袋、我的手该藏在哪儿？该怎样掩饰我的慌张？

最后，我受不了了，我对她讲了话：

"你认识我吗？"

"不认识。"她边摇头边说。

"那我认识你吗？"

"我觉得不认识吧。"她狡黠地说。

我不由自主地结巴起来：

"那……为什么？为……为什么你要这样盯着我？"

她看起来像是要大笑或是要抽泣。

"就是想这样。"她回答。

我暗自咒骂着自己的害羞，把头埋在报纸里，想忘记这个金发女孩，躲开她坦率、天真的目光，无视她微笑中的悲伤。词句在我眼前跳动，但没有一个停留了足够长的时间，让我可以抓住它。我本想叫来服务生，付账，然后离开，但这时，这个微笑着的陌生年轻女孩对我说：

"你在等人吗？"

"没有。"我说。

"我也没有。"

说着，她过来坐在了我对面，手里拿着她的柠檬汽水。

"你孤单吗？"她问我。

"不。"我的脸更红了。

"你不感到孤独？"

"一点儿也不。"

"真的？"

她看起来对此持怀疑态度。而她的微笑还在那里，像是她面部某处的一个第三方的在场。在眼睛里？不是。她的眼神很冷漠，带着惊恐的神色。在嘴唇上？也不是。她的嘴唇很性感，却显得辛酸而疲惫。那在哪儿呢？在那儿，在额头和下巴之间，但我不能准确地说出它的位置。

"真的？"她又问了一遍，"你不感到孤独？"

"不。"

"你是怎么做到的？"

我失了态。

"我不知道，"我含糊地说，"我不知道，我读了很多书。"

她喝了一口柠檬汽水，然后抬起头，开始毫不掩饰地冷笑起来。我注意到，这时她真正的笑容消散了，也许是她把它吞噬了。

"你想做爱吗？"她突然问我，不动声色。

"现在？"我惊讶地问道，"在这大下午？"

在我的意识里，做爱是跟夜晚联系在一起的。在白天发生这一行为对我来说无异于在大街上脱衣服。

"就现在，"她回答，"你想吗？"

"不。"我急忙说。

"为什么不？"

"我……我没钱。"

她盯着我看了一分钟，带着嘲讽又宽容的神情，像是一个无所不知又原谅一切的人。

"没关系，"她在犹豫之后说道，"你可以改天再付钱。"

我感到羞惭，感到害怕。我很年轻，没有经验。我害怕不知道该怎样做。然而，最重要的是，我为之后的事情担忧：我将再也不会和以前一样了。

"所以呢？你想吗？"

一缕头发垂落在她的前额上。微笑再次出现了。现在，我不知道这是那第一个微笑，还是她驱散的那个，是真实的，还是假装的。

"是的，"我回答，"我想。"

我想：这个女孩，可能是在她不知道的情况下，拥有了最难以捉摸的微笑，这种微笑我从来没有见过。可能通过跟她做爱，我能捕捉到它。

"叫服务生来。"她说。

服务生来了。我付了我的咖啡，她付了她的柠檬汽水。我们起身走了。我觉得很不自在，感到局促不安。她比我矮，走在我的右侧，她的头顶只比我的肩膀高出一点点。我不敢看她。

她住得不远。旅馆的门卫看起来很困。这个年轻女孩拿了她的钥匙，告诉我在四楼。我跟着她。从背后看，她显得年纪更大一点。

到了四楼，我们向右转，然后进了她的房间。她让我把门关上。我轻轻地关门，害怕它发出尖利刺耳的声音。

"不是这样，"年轻女孩说，"用钥匙。"

我转动钥匙，锁上了门。一种从未感受过的焦虑向我袭来。我避免说话，因为我确定我的声音会颤抖。单独跟一个女人在一起。单独跟一个女人在一个旅馆的房间里。跟一个妓女一起。很快，我们就要做爱了。因此我很确定，她是个妓女。否则她的举动不会是这样的，不是吗？

跟她待在她干净整洁的、以灰色调为主的房间里，我感到孤独。我生命中将要经历的第一个女人是一个妓女，一个有着圣人的微笑般的奇异微笑的妓女。

她拉下了百叶窗，脱掉了鞋子，她在等着。她站在床边等着。我感到很滑稽，不知道该怎样做。脱衣服？就直接这样？我想，要先拥吻她。在电影里，男人在跟女人做爱之前总是先拥吻她。于是，我走向她，专注而激烈地看着她，然后我猛地一下把她拉向我，长久地亲吻她的嘴。出于本能，我闭上了眼睛，再睁开的时候，我看到了她的眼睛，里面透着一种动物般的恐惧。面对这股力量，我向后趔趄了一步。

"你怎么了？"我惊慌失措地问她。

"没什么，"她用来自另一个世界的声音回答，"一点儿事都没有。来吧，来做爱。"

突然，她把手递到嘴边。她的脸变得惨白，就像她的生命已经彻底离开了她。

"你到底怎么了？说点什么吧！"

她没有回应。她的手仍在嘴边，她的眼神穿过我望向某处，仿佛我是透明的。她眼睛干枯，像是盲童的眼睛。

"我让你不舒服了吗？"我问她。

她没有听见我说话。

"你想自己待会儿吗？"

她失了神，像是身处一个隐蔽之所，入口对所有外来者关闭。我只能站在门外。我知道，在吻她的时候，我触发了某种未知的机制。

"说说话吧。"我恳求她。

我的恳求没有传达到她那里。她看起来就像是一个失心疯患者，一个着了魔的人。我想，我可能只是为了这次见面才一直活着，为了这次跟一个妓女的见面。而这个看起来疯了的妓女，心中却还保持着敏锐的清醒，在自己的最深处保留了一丝纯洁。

这种状况持续了几分钟。然后她似乎醒了过来，把手放了下来。一个疲惫又无限伤感的微笑照亮了她的脸。

"我要向你道歉，"她轻声说，"我搞砸了一切。很抱歉。是我太荒谬了。"

她准备开始脱衣服，但我已经没有了跟她做爱的欲望。现在我只想要弄明白这一切。

"等一下，"我对她说，"我们说会儿话吧。"

"你不想做爱了？"她说，看起来有些不安。

"晚点儿吧，"我让她安下心来，"我们先说会儿话。"

"你想谈些什么？"

"你。"

"你想知道什么？"

她用机械的手势解开了裙子的搭扣。

"你是谁？"

"一个女孩，一个跟其他人一样的女孩。"

"不，"我反对道，"你跟其他人不一样。"

她任裙子滑落。现在，她开始解衬衣的纽扣。

"你怎么知道？"她问。

"直觉。一定是的。"我笨拙地回答。

现在，她身上只剩下一件黑色连衣睡裙。她慢慢地躺上床。我坐在她身旁。

"你是谁？"我再次问她。

"我跟你说过了。一个女孩，一个跟其他人一样的女孩。"

我无意识地开始抚摸她的头发。

"你叫什么名字？"

"这不重要。"

"你叫什么名字？"

"萨拉。"

一种熟悉的悲伤占据了我。

"萨拉，"我说，"这是个美丽的名字。"

"我不喜欢。"

"为什么？"

"有时候它让我感到害怕。"

"我喜欢，"我说，"这是我妈妈的名字。"

"她现在在哪儿？"

我还在抚摸着她的头发。我的心沉重起来。跟她说？可我在生理上没办法说出那简单的几个字，非常简单："我妈妈死了。"

"我妈妈死了。"我最终说了。

"我妈妈也是。"

沉默。我开始想起我妈妈。如果她现在在看着我，她会问我：

"这个女孩是谁？"

"我的妻子。"我会这么回答。

"她叫什么名字？"

"萨拉，妈妈。"

"萨拉？"

"是的，妈妈。萨拉。"

"你疯了吗？你忘了我也叫萨拉？"

"没有，妈妈。我没有忘记。"

"那你忘了男人不能娶一个名字跟他妈妈一样的女人？你忘了这会带来噩运？你忘了妈妈会因此而死？"

"没有，妈妈。我没有忘记。但你不能再死了。你已经死了。"

"对啊……我已经死了……"

"你真的想知道？"

萨拉的声音把我从远处拉回来。这个年轻女孩望着前方，直勾勾地望着前方，仿佛要穿透墙壁、岁月和记忆，不到源头绝不停歇，而那里天地相接，生命呼唤着爱。萨拉向我抛出了这个问题，就好像是我自己，我独自一人创造了宇宙：

"你真的想知道我是谁？"

声音生硬而冷酷。

"当然。"我掩饰住恐惧，回答道。

"这样的话……"

有些时候，我也会咒骂自己。我不该听的。我应该跑掉的。在这种情况下听一段讲述，无异于在其中扮演一个角色，要表态，说是或不是，决定前行或返回。从此以后，就有了在此之前和在此之后。甚至，把它忘记，就是懦弱地接受它。

我应该跑掉的，或者是把耳朵塞住，或者是去想其他的事情；也许我应该尖叫、唱歌、拥抱她、亲吻她的嘴，让她住嘴；还可以跟她做爱；甚至是对她说我爱她。只要能让她住嘴，什么都可以，只要能让她住嘴。

我什么都没有做。我听着。很乖。我坐在床边，在她半裸的身子旁，听着她讲述。我手指紧缩着，像钳子一样掐住了自己的喉咙。

现在，每次想到她，我都会咒骂自己，就像是在咒骂那些在她失意的时候没有想到她、没有想过她的人。她让人猜不透的面孔就像是一个生了病的孩子的面孔。她的眼睛直直地看着前方，毫不畏惧，穿透了墙壁，仿佛看到了创世之前的混沌。

我想到她，然后咒骂自己，就像是在咒骂使我们成为我们的历史：噩运的来源。那段历史就应该死亡、毁灭。谁听了萨拉的讲述而不改变，谁进入了萨拉的世界而不产生新的神、新的宗教，谁就应该死亡、毁灭。只有她，萨拉，有权利判断善恶，区分真实的面目与盗取了真实面目的面目。

而我，我坐在她半裸的身子旁，听着她讲话。每一个词都把结打得更紧。我就要扼死自己。

我应该离开。快。快。她一开口就逃离，一发现迹象就逃离。

我留在了那儿。有某种东西拉扯着我。我想跟她一起痛苦，跟她体味同样的痛苦的感觉。我还感觉到她要羞辱自己，也许这就是我无法离开的原因。我渴望在她的羞辱中占有一席之地，我期盼她的羞辱也能落在我身上。

她说着，我一言不发地听着。有时，我觉得有必要发出一声野兽般的嚎叫。

萨拉用一种均匀的、没有起伏的声音说着，一刻不停，除了要让沉默来注解某个因词语太无力，而无法唤起的画面的时候。她的讲述开启了我身上一个隐秘的闸门。

我知道营地里有很多萨拉。我从来没有遇到过她们，但我听人说起过。我不知道她们有着病童的面孔。我没有想到，有一天我会亲吻她们中一位的嘴唇。

十二岁。她跟她的父母分离的时候，是十二岁。人们把她安置在一间特殊的营房里，听从营地军官的处置。她得以幸免，是因为有些德国军官喜欢她这个年龄的小女孩，喜欢和她这个年龄的小女孩做爱。

突然，她把涌动着黑暗的目光转向我：上帝还在她的眼中。混沌的上帝，无能的上帝，折磨十二岁孩子的上帝。

"你跟十二岁的女人睡过吗？"她问我。

她的声音平静，一本正经，赤裸裸。我试着不叫喊出来。我没有必要自我辩护，这太肤浅了。

"但你有过这种欲望，不是吗？"她见我一直不说话，又继续说道，"所有男人都有这种欲望。"

她的眼神灼烧着我的眼睛。我害怕得不敢叫喊。我没有必要自我辩护，我没有必要在她面前自我辩护，尤其是在她面前。她应该被更好地对待。

"告诉我，"她用轻柔了一些的声音继续说道，"你是因为这个才不跟我做爱的吗？因为我不是十二岁了？"

无能的上帝点燃了她的眼睛，也点燃了我的眼睛。我想，我要死了。见上帝者死，圣经里是这么写的。我一直不太明白这一点：为什么上帝会成为死亡的盟友？为什么他要杀死看见他的人？现在，一切在一瞬间都清晰明了了。上帝很羞愧。上帝喜欢跟十二岁的小女孩睡觉，而且他不希望被人发现。凡是看见或猜到此事的人都必须死，这样才能不揭露他的秘密。死亡只是保护上帝的警卫，只是被我们称为宇宙的巨大妓院的门房。我要死了，我想。我紧紧掐着我脖子的手指不由自主地缩紧、缩紧、缩紧。

萨拉决定让我短暂地休息一下。她把眼神转开，又直直地盯着前方，然后继续说着，仿佛我不存在，或者说仿佛只有我存在，一直存在，无处不在。

"他醉了，像头醉猪。他大笑着。他身上的一切都散发着淫秽的气息，尤其是他的笑。'今天，是我的生日！'他说，'我想要个礼物，一个特别的礼物！'他从头到脚仔仔细细地打量了我一番，然后一边讥笑一边对我说'你，你就是我的生日礼物'。我没理解他这句话的意思。我那时候十二岁。在这个年龄，你不会知道年轻女孩可以被当作生日礼物赠送……我不是一个人在这间营房中。有十几个女人在我们周围围成一个圈。贝尔塔面色苍白，其他人也是，十分苍白，苍白如尸体。只有他，这个醉鬼，面色红润。他的手也发红，就像屠夫的手。他的笑从嘴巴一直延伸到眼睛里。'你就是我的生日礼物，你！'他说。贝尔塔咬紧嘴唇。她是我的朋友。"

那是一个美丽而忧郁的女人，她的侧脸就像一个东方公主的侧脸。刚到营地的那天晚上，她跟萨拉年纪相仿的女儿就丢了。

"她年纪太小了，军官先生，"她求情道，"她还只是个孩子。"

"她在这儿就说明她不是孩子了，"他眯起眼睛，回应道，"否则，你知道她会在哪儿。那上面……"

他粗肥的食指指向天花板。

"贝尔塔是我的朋友，"萨拉说，"她没有认输，她奋战到最后。为了救我，她愿意代替我，牺牲自己。还有，其他人也是如此。"

萨拉沉默了一会儿。

在营房昏暗的光线中，贝尔塔想出了一个钳制敌人的主意。她一句话都没说，就开始脱衣服。其他女人——栗色头发的，金色头发的，红棕色头发的——在没有事先商议的情况下，也这样做了。刹那间，她们全都已经赤身裸体，如雕像般一动不动、一言不发。

萨拉说那是一个噩梦，一次病态的梦魇，或者说，她已经失去了理智。一种毫无人性的宁静侵入营房，与女人们的脸上映出的紧张形成惊人的对比。外面，太阳逃离到地平线之后，它的锈迹染红影子的群像。似乎如果这一幕持续下去，可怕的事情就随时会发生。这些事情能够将宇宙撕成碎片，改变时间的轨道，扯下命运的面具，最终让人看到，在真理之外，在死亡之外，等待着他的是什么。

就在这时，醉鬼一把抓住孩子的胳膊，残忍地将她拖出营房。外面，天色已经暗了下来。远处，夜嵌在凝固着血色的天空中。

"这个军官很聪明，"萨拉说，"他在营房所有的裸体女人之外选择了我，虽然我穿着衣服。因为我那时只有十二岁。男人喜欢跟十二岁的女人做爱。"

她再一次转头看向我，紧箍着我脖子的钳子夹得更紧了，带着进一步的愤怒。

"你也一样，"她说，"如果我十二岁，你就会跟我做爱。"

我无法再听她讲话。我已经到达了力量的极限，我想：她再多说一句话，我就会死。我会在这儿死去，在这张床上，在这个男人来跟金发年轻女孩睡觉的地方，而他们不知道，他们实际上是在跟一个十二岁的孩子做爱。

　　在那稍纵即逝的一瞬，一种想法在我脑海中一闪而过：或许我应该立刻抓住她，粗暴、毫无征兆、不说一句废话。为了向她证明，人可以比她跌得更低；为了向她证明，到处都是泥潭，而且深不见底。我慢慢起身，拉住她的手，温柔地拥抱她。我想让她看到，我想让她意识到，我想要她，我渴望着她，我也没有超越身体的局限。我把嘴唇贴在她冰冷的手上。

　　"就这样？"她问我，"你不想做其他事了？"

　　她笑了。她想努力像另一个人那样笑，像营房里的醉鬼那样笑。但她没有做到。她没有醉。她双手中没有淫秽的东西，声音中也没有。从头到脚，她就是纯洁本身。

　　"想。"我不安地回答道。

然后我俯身向她，再一次抱住了她，亲吻了她的嘴。她没有回应我的吻。我的嘴唇紧紧地贴着她的嘴唇，我的舌头寻找着她的舌头。她还是很被动，游离于状况之外。

我重新站起来，在短暂的犹豫之后，我对她缓缓地说：

"我要告诉你你是什么……"

她想说话，但我没有留给她时间：

"……你是一个圣人。圣人，就是你的身份。"

她病童般的脸上闪过一丝惊讶。她的眼神更清醒、更冷酷无情了。

"你疯了！"她狂暴地叫着，"你真的疯了！"

然后，她开始放纵地大笑起来，模仿着一个大笑的人。但她的眼睛没有笑，她的嘴巴也没有。

"我，圣人！"她说，"你错了。我刚刚没有告诉你我是几岁时遇见我的第一个男人，是几岁时开始我的职业生涯的？"

她强调了"职业生涯"这个词，提出这个问题时，她还做了一个表示毫不在乎的动作。

"是，"我说，"你跟我说了。十二岁。你那时候十二岁。"

她笑得越来越厉害。这是那个醉鬼，我想，他还没有离开她。

"那在你眼里，"她继续说，"一个十二岁就开始她职业生涯的女人，是一个圣人？是吗？"

"是的，"我说，"是个圣人。"

我想，她哭也好，大叫也好，骂我也好，这些都比这属于另一个人、属于一个没有灵魂的身体、属于一个没有眼睛的脑袋的笑要好，这些都比这外来的且有害的笑要好，这笑使她变成一个被鬼怪附身的灵魂。

"你疯了，"萨拉用一种表现得欢快、愉悦的声音说，"那个醉鬼只是第一个，他之后，其他人也来了，所有其他人。我成了营房里的'特别礼物'，一个所有人都想要的'特别礼物'。我比其他所有女人加起来都要成功。幸福的、不幸的，好的、坏的，年轻的、年老的，轻快爽朗的、寡言少语的，所有人都喜欢我；

害羞的和淫荡的，狼和猪，知识分子和屠夫，所有这些人，你明白了吗？所有人都来找我。而你觉得我是个圣人！你精神不正常，我可怜的先生！"

她笑得更厉害了，但这笑与她无关。她整个人都使人联想到一种无名的、无关年龄的痛苦。她的笑声很干涩，不像是人发出的声音：这不是她的笑声，是上帝的，或是那个醉鬼的。

"我可怜的先生！"她说，"我同情你！我想为你做些什么。告诉我，你生日是什么时候？我要送你一个礼物，一个特别的礼物……"

然后她把她的笑安放在了我身上。总有一天，我也会成为一个着了魔的人。穿着黑色连衣睡裙的萨拉突然止住了笑，腿微微弯曲着。我感到她要给我致命一击。我不自觉地开始向着门的方向后退。这时，她的叫喊声传到了我的耳中：

"你真是疯了！"

"别说了！看在上帝的分儿上，你别说了！"我冲她喊道，惊慌失措。

我知道她还要说，她要说出一件可怕的、令人作呕的事，要说出那些今后我在女人的身体里寻求欢愉的时候，会不停地听到的话。

"别说了！"我哀求她。

"圣人？我？"她看起来像个疯子，吼叫道，"好吧！听着，并且好好记住：我跟他们在一起，有时也会体验到快乐……事后我会厌恶自己，甚至在过程中也会，但我的身体，它有时候就是喜欢……而我的身体，就是我自己……我，圣人？你知道我实际上是什么了吗？我跟你说了，我是……"

到极限了，我没有办法再坚持下去，我就要吐了。快，我转动钥匙；快，我打开门；快，快，快！必须尽快离开这栋房子。三层，二层，门房，底层，大街，跑，快，跑。

后来，在奔跑的过程中我才发现，我紧掐着喉咙的手还没有松开。

"萨拉。"我用哽住的声音说。

"是的，"凯瑟琳说，"这是你妈妈的名字，我知道。"

"这是一位圣人的名字。"

我日复一日、周复一周地寻找萨拉。我回到我遇到她的那家咖啡馆。我询问了附近的所有旅馆。一无所获。没有人看到过或者认识这个跟我妈妈同名的金发年轻女孩。服务过我们的服务生已经不记得这事了。各家旅馆的门房都说从没见过她。然而，我没有完全放弃希望。我偶尔会觉得我还要找她。我想再次跟她相遇，哪怕只有一次，去做我本应在那个下午做的事——跟她睡觉。

"你妈妈已经死了。"凯瑟琳说。

她想要伤害自己，公然伤害自己。为了让我看见，为了让我知道她在跟我一起受苦，她在苦难中与我站在一起。她能够仅仅为了向我展示她也很不幸而伤害我。

"我很清楚她已经死了。"我说。但我有时会拒绝承认这一点。有时我对自己说，妈妈们是永远不会死的。

这是真的。我无法相信我妈妈的死亡。之所以会这样，可能是因为我没有亲眼见证她的死亡。我只是看着她跟几百个人一起去往某个地方，然后夜晚令人猝不及防地将他们吞噬。如果她曾对我说"永别了，我的儿子，我就要死了"，那么如今的我可能会更相信一些。

爸爸他的确是死了。这个我知道。我是看着他离开的。对于他，我不会在大街上的行人中找他。然而，我有时会在大街上找我的妈妈。她没有死，没有真正地死去。在这里或那里，我会在某个女人身上看到她的某种特征——在地铁上，在公共汽车上，在咖啡馆里；而那个女人，我既爱她，又恨她。

凯瑟琳，她的眼中充满泪水。而我的妈妈，她是不哭的，至少不会在有他人在场时流泪。她的眼泪，她只把它们献给上帝。

凯瑟琳跟我的妈妈有几分相似，她们都有高高的额头和硬朗而轮廓分明的下巴。但凯瑟琳没有死。而且她会哭泣。

她一开始没有哭。我们的关系很稳定。我们平等地交谈。我们是自由的。两个人都既面向自身又面向对方。我不想约会的时候就可以不去，她也是这么做的。我们中的任何一人都不会表现出生气或受伤。即便我一整晚都不说话，她也不会试图弄清楚那是为什么。爱人们之间的经典问题——"你在想什么？"——不在我们交流的范围内。冷酷成为我们的信仰。非必要的话不会讲。两个人都试图说服另一个人，他可以在没有另一个人的情况下活着，充满希望——和绝望。每一个吻都可能是最后一个。庙宇随时可能坍塌。无用的未来是不存在的。夜晚，我们无声地做爱，几乎像身为旁观者那样。街上的陌生人如果观察我们，很容易认为我们是敌人。这是正确的，或许。真正的敌人并不总是仇视彼此的人。

我不应该同意再在纽约见她。我应该回应她说，我们重新开始交谈是不合适的：渗入其中的空气会使一切都腐烂。

她变了。凯瑟琳不再自由，她只会模仿他人了。她的婚姻摧毁了她的内心。对她来说，生活已了无生趣，日子千篇一律，人们都说着同样的话，与其听他们说话，不如看电视节目。她丈夫的朋友和同事都让她觉得无聊，他们的妻子让她感到厌烦，她知道自己在被迫加入她们的队伍，很快，她就会成为其中一员。

在纽约，我们每天都见面。她来我家找我，我也去她那儿。我们经常一起出去，去看话剧、听音乐会。我们谈论文学、音乐、诗歌。我想做个好人。我让她看到了耐心、体贴、理解。我把她当成一个病人。斗争早已结束。现在，我在竭尽全力帮她重新站起来。

我们极少唤起过去，即便是唤起，也十分谨慎，生怕玷污了它。有时候，听着一段巴赫的音乐，看着阳光中云卷云舒，我们的喉咙会被一种同样的情绪锁住。她便会碰碰我的手，说：

"你还记得吗？"

然后我回答：

"记得，凯瑟琳。当然了。我记得。"

在过去，她是不会想要给我她还记得的证据的。相反，我们都会因被过去、被过去的一种情绪所占有而感到羞愧。这种时候，我就会转过头去，说些其他的事情。我们不再斗争。

然后，有一天，她坦白了……

我们在她的房间里喝咖啡。广播转播着艾萨克·斯特恩演奏的贝多芬小提琴协奏曲。我们在巴黎听过这首曲子，是在普莱耶尔音乐厅。我想起她那时曾拉住我的手，而我粗暴地把她推开了。我想，如果她现在再拉住我的手，我不会再把手抽走。

"看着我。"凯瑟琳说。

我看向她。她带着遭受过侵蚀的笑容。她的面孔是一个被抛弃，并且对这一处境认识清晰的女人的面孔。她用她长长的手指，轻叩着桌上的咖啡杯。

"是的，"我对她说，"我记得。"

她放下咖啡杯，站起来，然后来到我面前跪下。她昂首挺胸，面不改色，声音坚定——几乎跟过去一样——她对我说：

"我想我爱你。"

她想要继续，但我打断了她的话：

"别说了！"我严厉地对她说。

我不想听到她这样说：我从第一天开始就爱你。

我的严厉并没有改变她的表情。她的笑容只是更深邃、更病态了一点。

"这不是我的错，"她自我辩护道，"我试过了，我挣扎了。"

贝多芬，普莱耶尔音乐厅，斯特恩，爱。爱让一切变得复杂，恨却简化一切。恨强调事物本身和生命，也强调将这些事物区分开的东西。爱则抹去重点。我想：又是要奏响我的存在的一分钟。

"你痛苦吗？"凯瑟琳抱歉地问。

"不。"

可怜的凯瑟琳！她甚至不再模仿他人。焦虑覆盖了她的脸。她的眼睛令人不安地眯了起来。

"你要离开我了？"

爱与绝望，它们总是同时到来，一个包含着另一个的某些痕迹。我想，她应该极度痛苦。轮到我来尝试修复痛苦了。应该将她当作病人对待。我很清楚，这样做，就是在侮辱对方。但对方不存在，或者说是不再存在了。眼前的这个人的脊梁骨是弯曲的。

"我不会离开你。"我用一种可靠的朋友的声音回答道。

一滴孤独的眼泪——第一滴——顺着她的脸颊落下，迟疑了片刻，最终落在了她的唇边。

"你是在可怜我。"凯瑟琳说。

"我没有可怜你。"我急忙回答。

我撒了谎。我不得不撒谎。她很痛苦，非常痛苦。对病人撒谎是可以的。对其他人，我不会这样做。

在随后的几周到几个月里，凯瑟琳日渐衰竭。

她无所事事地度过一天又一天——她没有找工作的欲望和需求，就只待在房间里，在窗边或镜子前。孤独又不幸的她意识到了自己的孤独和不幸。

跟以前一样，我们仍然每天晚上见面。晚餐，演出，音乐会。一天，我试着跟她讲道理：她因自己的命运而顾影自怜是不对的；这对她和我来说都是不值得的；她应该找工作，忙起来，让日子变得充实；她应该找到一个人生目标。

"一个目标，"她耸了耸肩膀，"一个目标。什么目标？成为救世军①？成为饥饿艺术家②的守护者？去印度拯救麻风病人？一个目标？我去哪儿找呢？"

这时，我有了一个绝妙的主意。我告诉她，我也爱她。

---

① 救世军（The Salvation Army）是于 1865 年在英国伦敦成立的国际性宗教及慈善公益组织，以军队形式作为其架构和行政方针，并以基督教作为信仰基本，以街头布道、慈善活动、社会服务著称。

② 此处指卡夫卡作品《饥饿艺术家》中的饥饿表演者形象。

她拒绝接受。她要我拿出证据，我给了她。过去的所有事件都表明，我们之间没有爱，但一下子，它们证明了相反的一面。"为什么听音乐会的时候你抽走了手？""我不想暴露自己。""为什么你从来没对我说过你爱我？""因为我爱你。""为什么你总是直勾勾地盯着我的眼睛？""为了从中找到我的爱的倒影。"

　　几周来，她一直心怀警惕。我也是，我也自我防卫。我把自己当作她的护士。有时候，我自娱自乐地想，或许，她也把我当作病人。最后，我们会放下面具。一个人会说：我只是在玩游戏。另一个人回答：我也是。然后，我们的舌尖会尝到苦味。从某种方面来说，这只是个游戏也很可惜。

　　但她不是在玩游戏。玩游戏的人不痛苦。附着于我们身上观察我们、看着我们玩游戏的存在是不痛苦的。凯瑟琳却很痛苦。尽管我据理力争，她还是没有被说服。她经常在我不在的时候哭泣。我们在一起时，她的愉快又显得那么刺眼。

　　我不再自由。长久以来，凯瑟琳都没有自由，因而我的自由会是对她的一种羞辱。面对着她，我强加给自己一种态度，而这种态度一旦形成便难以摆脱。

如果这至少能有点用就好了！如果这至少能帮助到凯瑟琳就好了！但她始终快乐不起来，她的笑容始终缺乏真挚。

凯瑟琳的情况越来越糟，她开始酗酒，她任由自己下沉。

我跟她争论道：

"你没有权利这样对待自己。"

"为什么没有？"她睁开透着虚假的天真的眼睛，说道。

"因为我爱你，凯瑟琳，我珍视你的生命。"

"呵！你不爱我！你只是说说。如果是真的，你不会说出来。"

"我说出来是因为这是真的。"

"你这么说是出于怜悯。你不需要我。我既让你感到不舒服，又不会给你带来快乐。"

这些争论没有得出任何理想的结果。相反，每一次争论过后，凯瑟琳都向下沉得更深。

然后，一天晚上——事故发生的前夜——她最终向我解释了她无法完全相信我的爱的原因：

"你说你爱我，可你遭受着痛苦。你在当下说你爱我，可你仍旧活在过去。你向我宣示你的爱，可你在强迫自己不能忘记。夜晚，你会做噩梦。有时，你睡着会发出撕心裂肺的呻吟。真相是，我对你而言什么都不是。我不重要。重要的，是过去，不是我们的过去，是你的过去。我力图给你带来欢乐，可你记忆中的某个画面会升起，然后一切就完了。你不再在此处。那画面比我更强大。你认为我不知道吗？你认为你的沉默能够遮掩四散在你身上的折磨？或许你还认为，在一个遭受着痛苦、拒绝一切救助的人身边生活，是一件容易的事情？"

她没有哭。那个晚上，她一点酒都没有喝。我们躺在床上，她的头沉沉躺在我展开的臂膀中。一阵热风从开着的窗户吹进来，我们刚刚上床躺下。这是我们的惯例之一：从不立刻就抱在一起，要先说说话。

我感到我的心变得沉重，近乎难以忍耐。她猜得恰到好处。痛苦、自责无法长久地藏形匿影，它们乘虚而入。这是真的：我活在过去。祖母，以及她头上的那块黑色头巾，从来没有离我而去。

"这不是我的错。"我回答。

我向她解释道，如果一个男人对一个女人说，他认为他爱她——"我爱你，并且会永远爱你。如果我不再爱你，我就会死。"——那么他就是这么相信的。然而有一天，他审视自己的内心，却发现它是空的，但他仍可以活着。对于我们——这些知道了死亡时间的人而言，事情就完全不同了。在那边，我们曾宣称，我们永远不会忘记。这会一直持续下去。我们不能忘记。那些画面就在那里，就在眼前。即便眼睛已经不在那里了，那些画面却会一直留存。我想，如果我能够忘记，我会恨自己。我们在那边的停留为我们装上了定时炸弹，每隔一段时间，就会有一颗爆炸。然后，我们就只剩下痛苦、羞耻和罪恶感。我们感到羞耻和有罪，因为我们还活着，可以随心所欲地吃面包，可以在冬天穿上保暖袜。凯瑟琳，这些炸弹中的任何一个无疑都会激起疯狂，这是不可避免的。曾在那边的人都或多或少带着人性的疯狂。总有一天，它会重新浮上水面。

那天晚上，凯瑟琳没有喝酒，十分清醒，我有种是另一个人附于其身的感觉。但我知道这个人会离开，我知道这次造访的时间不会长，然后就只剩下想要模仿这个人的人了。甚至有一天，她会不再想要模仿，这种分离将成为定局。

那天深夜，我终于明白，我或早或晚都要离开凯瑟琳，再跟她待在一起毫无意义。

我对自己说：痛苦使人远离与己相似之人。为了把他们分开，痛苦会用尖叫和蔑视建起一堵高墙。如果人们没有可能在他们中间造出一个上帝，就会丢下他们当中那个彻底了解苦难的人，那个对他们说这些话的人：我受苦，不是因为我是上帝，也不是因为我是一个想要模仿他的圣人，只是因为我是一个人，一个像你们一样的人，有着脆弱、怯懦、罪过、反叛和可笑的抱负。这个人会让他们害怕，让他们感到羞耻。他们就会远离他，就像远离一个罪犯，远离一个篡夺了上帝之位，来说明每一次冒险结束之后等待着我们的巨大空虚的人。

其实，这样也好。比其他人遭受过更大、更多痛苦的人应该活得很精彩。独自一人，在所有正常有序的存在之外。他污染空气，使它无法吸入；他使快乐不再自然而然，并夺走它存在的理由；他扼杀生存的希望和意志；他体现了一种不承认当下和未来，只承认记忆严酷法则的时态；他痛苦，他不断蔓延的痛苦唤起了周围的共鸣。

总有一天，我必须离开凯瑟琳，我暗下决定。这会对她更好。如果我能忘记，我会留下来，但我不能。有些时候，人是没有权利痛苦的。

"我跟你做个交易吧。"凯瑟琳说，"我让你帮我，只要你愿意这么做。你愿意吗？"

可怜的凯瑟琳！我想。太晚了。要改变，就得改变过去。然而，它已经离我们而去了。它结构坚固，不可动摇。过去，是祖母的头巾，它像坟墓上方的乌云一样黑。还有哪个时代像这个时代一样愚蠢！一切都颠倒了。坟墓在高处，挂在天空上，而不是挖在潮湿的土地里。我们躺在床上，我赤裸的身体对着你赤裸的身体，我们想着黑色的乌云，想着飘浮的坟墓，想着死亡和命运的冷笑，而它们实际上是一体的。凯瑟琳，你谈到幸福，就像谈到一种可能性。然而，它甚至连梦都不是，它也死了，它也在天上。一切都躲在天上。下面的这里是多么空旷啊！真实的生活在那里。这里，一无所有。一无所有，凯瑟琳。这里，是干旱的沙漠，没有海市蜃楼的沙漠。这里，是被遗忘的孩童看着父母被火车带走的车站。而火车冒出的黑色烟雾留在了这里，取代了父母的位置。这烟雾，就是他们。幸福？对于孩子们来说，幸福是火车可以倒行。可是你知道，火车总是向前，只有烟雾会后退。是的，我们的车站真是太可怕了！像我一样在那里的人，应该都是独自留在那里，凯瑟琳。不让我们身上的痛苦与其他人接触，不能向其他人传递我们口中呛人的烟雾的味道。不能，凯瑟琳。你说"爱"，而你不知道爱也随着这辆直通天堂的火车离开了。现在，一切都被移送至天上。爱、幸福、真实、纯洁、笑容欢快的孩子、眼神神秘的女人、步伐缓慢的老人以及苦苦哀求的孤儿。这是真实的"出埃及记"，是从一个世界到另一个世界的迁徙。古人的想象力是有限的。我们的死者带到那边去的不仅仅是衣物和口粮，还有他们后世的未来。什么都没有留下来，在下面的这里。然而你还在谈论爱，凯瑟琳？你还在谈论幸福？还有人在谈论正义——普遍正义和特殊正义，谈论自由、博爱、进步。他们不知道，这个星球已经被清空了，一辆巨大的火车把一切都带到了天上。

"那么，你接受？"凯瑟琳问。

"我接受什么？"我很震惊。

"我向你提出的交易。"

"当然，"我精神有些涣散，回应道，"我接受。"

"那么你允许我让你快乐？"

"我允许你让我快乐。"

"那么你答应要忘掉过去？"

"我答应要忘掉过去。"

"那么你会只想着我们的爱情？"

"我只想着它。"

她结束了她的问卷调查。她不作声了，喘了口气，然后用另一种声音问道：

"你刚才在哪儿？"

"在车站。"我说。

"我没明白。"

"在车站，"我说，"我刚才在车站。车站很小，是一个外省小城市的车站。火车刚刚开走，我一个人留在站台上，我的父母在车上，他们把我忘了。"

凯瑟琳一言不发。

"一开始，我很生我父母的气。他们不应该把我留在身后，把我独自留在站台上。但是，过了一会儿，我突然看到一件奇怪的事情：火车离开了轨道，开始开往灰色的烟雾缭绕的天上。目瞪口呆的我甚至无法冲着我的父母大叫：你们在干什么？回来！或许，如果我叫了，他们就会回来。"

疲倦侵蚀了我。我出汗了。躺在床上很热。一辆车刚刚突然停在窗前。

"你答应了我，不再想这些了。"凯瑟琳失去了理智，说道。

"原谅我。我不再想了。再说，如今火车作为交通工具已经过时了。世界进步了。"

"真的？"

"真的。"

她用身体紧紧贴住我的身体。

"只要你的思绪再把你带回那个小车站，你就告诉我，我们一起跟它斗争。你愿意吗？"

"我愿意。"

"我爱你。"

事故在第二天发生了。

我在石膏世界里度过的十个星期让我充实了不少。

我知道了人们的生活是很不同的，这取决于他处于水平位置还是垂直位置。墙上、面孔上的影子都不一样。

每天有三个人来看我。保罗·拉塞尔医生早上来看我，凯瑟琳晚上来看我，久洛下午来看我。他是唯一猜出发生了什么的人。久洛是我的朋友。

久洛是一位匈牙利画家，他就是一块儿活的岩石。在任何意义上，他都是一个巨人。高大、强壮，头发有些花白且乱糟糟，目光炙热又流露出嘲讽，他会弄乱他所经过的一切：祭坛、思想、山川。他手指下、目光下的一切都在战栗、颤抖。

除了年龄上的差异，我们在许多地方都有相似之处。每个星期我们都会见面，一起在东区的一家匈牙利餐厅吃午餐。我们帮助彼此站稳脚跟、不妥协、不与生存和解、拒绝任何轻易的胜利。我们的交谈带着一种嘲讽的基调。我们厌恶多愁善感。我们像躲瘟疫一样躲避那些严肃对待自己的人，尤其是那些要求别人也这样做的人。我们彼此不迁就。这样，连接我们的友谊健康、简单又成熟。

在他闯进我房间，用肩膀把正要给我打针的护士撞开的时候，我还半死不活，他什么也没问，就用一种坚定而有力的声音向我宣布，他要给我画像。

护士手里拿着注射器，目瞪口呆地盯着他：

"你在这儿做什么？谁让你进来的？马上出去！"

久洛向她投去同情的目光，仿佛她完全丧失了理智。

"你很漂亮，"他对她说，"但是疯了！"

他饶有兴趣地观察着她。

"当今的漂亮女人已经不够疯狂了，"他用一种怀旧的语气补充道，"你却是。我喜欢你。"

这位可怜的护士—— 一个年轻的实习生——面临危机，她结结巴巴地说道：

"针……出去……必须……"

"等会儿！"久洛命令道。

然后，他抓着她的胳膊，把她向门口推去。在那里，她在他耳边轻声说了些什么。

"喂！你！"久洛关上门后冲我喊道，"她说你病得很重，说你要死了！你不觉得丢人吗？"

"是，"我虚弱地回答道，"丢人。"

久洛来回走了几步，熟悉了一下房间的视野、墙壁、气味。然后他停在床边，大声威逼我：

"在我完成你的画像之前不要死，听见了吗？之后，我就无所谓了！但之前不行！明白了吗？"

"你真是个混蛋，久洛。"我很感动，对他说道。

"你之前不知道吗？"他表现出吃惊的样子，"艺术家是最大的混蛋：他以别人的生和死为养料。"

我以为他要问事故是如何发生的，但他没有。然而，我想让他知道。

"你想让我跟你解释吗？"我问他。

"不需要，"他回答，一副倨傲的样子，"我不在乎你的解释。"

一种深情显露在他眼睛周围。

"我想让你知道。"我说。

"我会知道的。"

"这是个秘密，"我说，"没人知道。我想让你知道它的真相。"

"不需要，"他轻蔑地回答，"我喜欢自己发现一切。"

我努力笑了一下：

"我可以早点死。"

一种可怕的怒火点燃了他：

"不要在我完成画像前死，我跟你说了。之后，你想什么时候死就什么时候死，想怎么死就怎么死！"

我很骄傲。为他骄傲，为我骄傲，为我们的友谊骄傲，为我们强加给他的严酷法则骄傲。这些法则使我们免于陷入弱者的成功和真相。真正的交流建立在这样一个层面上：简单的文字也是严酷的；要达成的目标是，能够用令人震惊的平庸句子提出灵魂不死的问题。

久洛每天下午都来。护士们知道了，当他在这里的时候，不应该来打扰我们。对她们来说，他是一只动物，他那匈牙利语的凌辱会让老女人脸红。

久洛画画的时候，还给我讲故事。他是一个优秀的讲述者。他的人生有着宝藏般的奇遇和与众不同的经历。他曾在巴黎挨过饿，在好莱坞散过财，在各地教授过魔法和炼金术。他知道所有大文学家和当代艺术家的名字，他热爱他们的脆弱，不嫉妒他们的成功。久洛也有着一个恒定不变的想法：跟命运较量，迫使它赋予自己的残忍以人性的意义。但当然，他只用嘲讽的态度谈论这些。

一天，他像往常一样在午后来了，站在窗洞边，开始工作。他一言不发，甚至进来的时候没有跟我打招呼。他全神贯注。半小时过去了，一小时过去了。

突然，他停了下来，直勾勾地盯着我，仿佛刚刚撕开了一层无形的面纱。有好几秒钟，我们注视着彼此。他紧锁着眉头：他开始明白了。

"你想要我跟你讲吗？"我问他，心里很乱。

"不。"他冷漠地回答，"我不关心你的故事。"

然后他再一次让自己沉浸在工作中，在其中，他找到了所有问题的答案，也找到了所有答案的问题。

一个星期之后，他跟我讲了一个小插曲，表面上看，这个小插曲跟我们谈论的主题没有任何关系。我们正在谈论国际形势、第三次世界大战的危险、中国将要扮演的重要角色。突然，久洛改变了主题。

"对了，"他说，"我跟你讲过我没成功的溺水故事吗？"

"没有。"我狡黠地说，"发生在哪儿？中国吗？"

"少说两句吧，"他说，"你最好好好听着。"

可恶的久洛！我想。你是怎么跟你爱的女人示爱的？你大概会侮辱她。如果她不明白这种类型的爱的宣示，你就不再爱她了。可恶的久洛！

一年夏天，他去蓝色海岸度假，想要在那儿避暑。他常常去海边。那天早上，他游得很远。突然，一阵强烈的痉挛让他无法动弹。他的胳膊和腿都不听使唤了，他只能任自己向海底下沉。

"我开始喝进咸咸的海水。"他说，"我一点儿都不害怕。我知道我正在死去，但我很镇定。一种奇异的美妙的宁静笼罩着我。我想：我终于知道一个溺水之人的所思所想了。这是我最后的想法，我失去了意识。"

他被救了。有人看见他被淹没，来救了他。

他的眼睛追随着画笔在画布上留下的痕迹，脸上露出难以察觉的微笑，继续说：

"我醒过来后，看了看四周。我平躺在沙滩上，被一群好奇的人包围。一位医生—— 一个秃顶的老人——倾身向我，给我检查身体状况。最靠前的那一排人中，一个受到惊吓的年轻女人注视着我。她轻轻露出了一个腼腆的微笑，她想让我看到这笑容，但恐惧并没有从她的脸上消失。那简直震动人心：一位受到惊吓的女人在微笑。我想，我还活着。我躲过了死

亡。又一次，它没有占有我。证据是：我看到一个女
人在看我、冲我微笑。她脸上的恐惧是因为死亡，那
应该还在我身后的近在咫尺的死亡。那微笑，是给我
的，只给我一个人。我对自己说：我本可能虽然在这
里，就在这个地方，却见不到这个女人，这个此刻因
其优雅和美丽而出众的女人。我本可能被一个不笑的
女人注视。我应该让自己保持快乐，我告诉自己。我
还活着。这种对死亡的胜利应该孕育出快乐，自由的
快乐。再一次向死亡挑衅的自由，选择接受自由或拒
绝自由的自由。这次行刑的延缓应该会让我感觉良好。
然而，我并没有这种心情。我认真地在自己身上搜寻，
挖掘不出任何快乐的痕迹。医生检查着我，好奇的人
向我施舍着缄默的同情，这样，这个年轻女人的微笑
显得更加真诚——人们就是这样微笑着面对生活。即
便如此，我还是不快乐。相反，我发现自己极度悲伤
和失落，到了可怖的程度。后来，这场失败的溺水让
我纵情歌舞。但那时候，在沙滩上，在炙热的紫罗兰
色的阳光之下，在陌生年轻女人的注视之下，我感到

很失落，因活过来而失落。"

久洛在沉默中工作了很长一段时间。我觉得他是闭着眼睛在作画。我自问，他是否仍然失落，他之后是否又见过那个年轻女人。但我什么都没说。我想到了保罗·拉塞尔。他错了，我想。生命并非一定想要活着。生命因死亡而真正令人着迷。只有与死亡接触，生命才会开始震颤。

"你想听我说说吗？久洛，你想吗？"我央求道。

他受到了惊吓，仿佛我刚才是在强迫他睁开眼睛。他发出了一声小小的冷笑。

"不，我不想。"他说。

"但我很想让你知道。"

"让我知道什么？"他冷冷地问道。

"一切。"

"我不需要通过你的故事来知道。"

可恶的久洛！我想，沙滩上的那个女人怎么了？你侮辱了她吗？你是不是对她说"你是个小婊子，一个肮脏的小婊子"？她明白这是爱的宣示吗？

"久洛，"我问他，"那个陌生的年轻女人怎么了？"

"哪个陌生的年轻女人？"

"沙滩上那个，对你微笑的那个。"

他任自己放声大笑，这笑声掩盖了他身上出现的一种来自遥远过去的模糊的情感。

"啊，那个？"他用一种刻意粗俗的声音说，"那是个小婊子，一个肮脏的小婊子！"

我忍不住笑了：

"你这么对她说了？"

"我当然这么对她说了！"

他意识到我在笑。

"浑蛋！"他充满厌恶地朝我喊道，"让我好好工作，否则我画坏你的脸！"

我应该离开医院的那天前夜，久洛进门的时候整个人带着一种傲慢的气息。他站在床脚，就在河流与我之间，摆出一种傲然的姿态，像一个胜利的将军，然后向我宣布了一个好消息：画像完成了。

"那么现在，你可以死了。"他说。

久洛拿起了画板，把它放在一张椅子上。他犹豫了一下。然后，他转过身背对着我，朝旁边挪开了一步。我的心开始剧烈地跳动。"我"就在那儿，在我的面前。我过去的整个人生都在那里，在我的眼前。这是一幅布满红色斑点的黑色为主的画。天空是浓重的黑。阳光是阴沉的灰。眼睛是令人心悸的红，苏丁①那种红。这双眼睛属于一个眼见其上帝犯下最不可饶恕之罪——无理由杀人——的人。

"你看，"久洛说，"你是说不明白的，你只有在闭嘴的时候才是你自己。"

他全身一阵战栗，无法再控制自己的情绪。

"闭嘴。"他继续说，"这就是我对你的所有要求。"

然后，为了躲避我，他走到窗边，盯着不断流淌的东河，那起伏的波浪优雅地向着无尽而去。

他猜到了，我想。只要看看这幅画就知道。这场

①　柴姆·苏丁（Chaïm Soutine），一位生于白俄罗斯的犹太裔法国画家。他对巴黎的表现主义绘画思潮有很大贡献。其画作大量运用红色。

事故是有限意义上的意外。那辆出租车，我是看着它来的。虽然只是一瞬间，但我看到了它。我本可以躲开的。

现在，久洛和我之间展开了一场沉默的对话。

"你明白了吗？上帝可能已经死了，但人，人还活着。证据是：他有能力建立友谊。"

"那其他人呢？其他人呢，久洛？那些死了的人？你怎样对待他们？除了我，他们没有任何朋友。"

"要把他们忘掉。要把他们驱逐到你的记忆中去。必要的时候，还可以用鞭子抽。"

"驱逐他们，久洛？你说用鞭子抽？用鞭子抽打我爸爸？还有我祖母，也用鞭子抽她？"

"是的，是的，就是这样。死人在人间无事可做。他们应该让我们安宁，如果他们拒绝，你就用鞭子。"

"那这幅画呢，久洛？他们就在那儿，在这幅画像的眼睛里。如果你要我把他们驱逐出去，那你为什么把他们放在那儿？"

"我把他们放在那儿是为了定位，为了让你知道应该抽哪里。"

"我不能，久洛。我不能。"

久洛转过身来，我看到他突然变老了。他的头发变成了白色，他的脸瘦了下来，凹陷下去。

"痛苦是给活人的，而不是给死人的。"他看穿了我，说道，"人的责任是阻止它，而不是助长它。少一小时的痛苦，就已经是对命运的胜利。"

是的，他老了。现在，是一个老人在对我说话，向我传授超越时间的知识，这知识解释了为什么地球不停地转动，而人不停地期待明日的到来。他没有喘气，继续说着，就好像他已经为我构思了很久这些话：

"如果你的痛苦牵连了他人，那些在你周围的人，那些将活着的理由寄托在你身上的人，就要扼杀它、扑灭它。如果是死者制造了这种痛苦，那就再把他们杀死，跟要割掉他们舌头的次数一样多。"

无尽的伤感占据了我。我感觉我正在失去我的朋友：他在审判我。

我被打败了，问他："假如人做不到，那么留给他的是什么？谎言？我更想要清醒。"

他慢慢摇了摇头：

"清醒代表着命运的胜利，而不是人的胜利。这是一种自由的行为，而它又带着对自由的否定。人必须继续行走，去寻找，去权衡，去伸手，去奉献，去创造。"

忽然间，我以为是我的老师，犹太神学专家卡尔曼在对我说话。他的声音带着同样的慈祥和理解。但卡尔曼是我的老师，不是我的朋友。

"要知道，"久洛继续说道，没有改变声调，甚至连眉头都没皱一下，"要知道死人再也不会自由，也不再有受苦的能力，只有活人拥有。凯瑟琳还活着。我，我也活着。应该想想我们，而不是他们。"

他停了下来，为了给烟斗装上烟丝，或者也可能是因为他没什么要说的了。该说的都说了：利和弊。我会选择死人还是活人。白日还是黑夜。他还是卡尔曼。

我看着画像，在那双眼睛的深处，我看到了戴着黑色头巾的祖母。她消瘦的脸上带着一种痛苦的平静。

她对我说:"什么都别怕。我会在你所在之处。我不会再把你一个人留在站台上,也不会再把你一个人留在陌生城市中心的大街上。我会一直带着你,带上通往天堂的火车。你再也看不见地球了,我把它藏在你看不见的地方,跟我的黑色头巾一起。"

"你明天出院?"久洛用一种重归正常的声音问道。

"是的,明天。"

"凯瑟琳照顾你?"

"是的。"

"她爱你。"

"我知道。"

一阵沉默。

"你可以走路了?"

"要用拐杖。"我回答,"他们给我摘了石膏,但我的脚还不能着地。我用拐杖走路。"

"你可以依靠凯瑟琳。你接受她、依靠她,她会很高兴。接受,是一种更高形式的慷慨。让她开心点。

一点点快乐就能使一生的努力有理可依。"

凯瑟琳会快乐的,我这么决定。我会学着好好说谎,这样她就会快乐。这太荒谬了:假话会带来真的快乐,一种只要持续存在,就看起来为真的快乐。活人爱说谎,就像他们爱获得友谊一样,死人则不爱说谎。祖母,她不会容忍有人向她隐瞒真相。下一次,祖母,我向你保证:我会当心的,我不会再错过火车。

我应该是过于紧张地盯着这画像了,因为久洛突然开始把牙齿咬得咯咯作响。他拿起一根火柴,靠近画布,动作看起来愤怒而狂野。

"不!"我绝望地叫道,"别这样做!久洛,别这样做!别第二次烧掉祖母!停下,久洛,停下!"

久洛无动于衷,对我的叫喊没有任何反应。他的面孔紧绷着,仿佛与世隔绝,他用指尖拿着画布,翻来翻去,等着它化为灰烬。我想向他扑去,但我太虚弱了,无法离开病床。泪水淹没了我。在久洛离开关上门后,我哭了很久。

他忘了带走灰烬。

湖 岸
Hu'an *publications*®

出 品 人_唐 奂

产品策划_景 雁

责任编辑_张静乔 钱凌笛

特约编辑_张引弘 刘 会

责任校对_王凌霄

责任印制_姚 军

营销编辑_蒋谷雨

装帧设计_尚燕平

内文制作_常 亭

🐦 @huan404

📷 湖岸 Huan

www.huan404.com

联系电话_010-87923806

投稿邮箱_info@huan404.com

感谢您选择一本湖岸的书
欢迎关注"湖岸"微信公众号